文法對了 但語感有問題!!

吉武老師 教你培養日語語感

吉武依宣 著

作者序

大家好，我是吉武老師。因為想到海外生活，嘗試在中國廣州教了一年的日文，因而愛上日語教學。回到日本後去參加了 420 小時日語教師的訓練後，來到了台灣的日語補習班，中途因為離開台灣轉為線上教學，就這樣教日文超過 15 年了。

語言是到國外生活，了解那個國家的風俗民情很重要的工具。這 15 年的教學裡讓我發現不同語言的學習者，經常會犯錯的地方很相似，因為本身有學習中文的經驗，加上學生大多來自中港台，對於華語學生經常犯的文法錯誤，甚至是語感上面的錯誤有一定的了解。

在 2020 年成立了免費日文學習平台 Language Trails 後，陸續拍了一些易錯文法、語感的教學影片，也在知名平台推出了一些線上課程，希望能夠幫助同學學習日文。在語言學習的路上，文法通常不是最困難的，語感和聽力才是日文學習者從初學要跨入進階最大的門檻。

從 2023 年開始把重心放在經營「用聽的學英日語」Podcast 頻道，也收到不錯的效果，相信能夠幫助同學多多練習聽力，訓練日本耳。但語感方面光靠免費的 Youtube 頻道講解不太有系統性，線上影音課程的費用又比較高，同學比較難入手，這次剛好收到 EZ Japan 的出版邀約，剛好趁著這個機會整理出華語同學比較搞不懂的語感錯誤，希望可以幫助同學們更有效率的學習。

培養你的日本腦，學習用日語來思考，經常練習就會像自然反應一樣，先聽懂才有辦法回答，先學會用日文思考，才有正確的語感，說出日本人真正會說的日語，就讓同學們一起跟著進入培養日語語感的列車吧。

みなさん、こんにちは。日本語教師の吉武です。海外での生活を夢見て、中国の広州で1年間日本語を教え、日本語教育の魅力に引き込まれました。その後、日本語教師養成講座を修了し台湾の地で教えた後、オンライン授業に移行し、15年以上日本語教師をしてきました。

言語は、その国の風習や文化を理解するための重要なツールです。この15年の経験を通じて、異なる言語の学習者が共通して陥りやすい間違いがあることに気づきました。私自身、中国語を学んだ経験があり、また教えてきた生徒の多くが中国、香港、台湾出身だったことから、中国語話者がよくする文法や言語感覚の誤りについてもある程度理解しています。

2020年には無料の日本語学習プラットフォーム「Language Trails」を立ち上げ、間違えやすい文法や言語感覚に関する教育動画を制作してきました。また、有名なプラットフォームでオンラインコースを提供し、多くの学生の日本語学習をサポートしています。言語学習において最も難しいのは文法そのものではなく、初心者から中級レベルに進む際の「言語感覚」と「リスニング力」の壁だと実感しています。

2023年からは「用聽的學英日語」というポッドキャストに注力し、一定の成果を上げることができました。リスニング力を鍛えることで、日本語の耳を育てることができると確信しています。しかし、「言語感覚」を育てるには、無料のYouTube動画だけでは効率が悪く、またオンラインコースは費用が高くて学生にとってハードルが高いという課題がありました。

この本では、「日本語で考える力」を育てることを目指しています。繰り返し練習することで、自然に日本語で対応できるようになります。まずは理解し、次に答えられるようになり、最終的には日本語で考えられるようになることで、正確な言語感覚が身につき、日本人が本当に使う自然な日本語を話せるようになるでしょう。

さあ、一緒に日本語の言語感覚を育む旅に出発しましょう。

2025年3月

目次

第一部分：いる、ある相關句型

1. て形＋いる　現在進行式的四種用法，進行式不只是進行式！……………… 10
2. て形＋いない　想做但是還沒做的事情，竟然要用否定進行式？…………… 27
3. て形＋あります　真的準備好了嗎？這樣說讓人更放心！………………………… 32
4. ある、いる　教練是活著的吧？……………………………………………………… 35
5. た形＋ことがある　不是問你有沒有！是問你有過這樣的經驗嗎！…………… 39

第二部分：疑問句

6. 何か、誰か、どこか　我沒有想要知道你要去哪裡，你告訴我幹麻？……… 44
7. 何も、何でも　肯定否定傻傻分不清楚，千萬不能用錯喔！…………………… 49
8. の（ん）ですか　好想知道！麻煩告訴我好嗎！………………………………… 53

第三部分：句子的連接法

9. 〜て、〜しないで　不打領帶去參加也可以嗎？………………………………… 58
10. 〜し〜し　吸吸吸！理由這樣表達最自然…………………………………………… 63
11. て形＋から、た形＋後で　我的說法錯了嗎？……………………………………… 67
12. たり、たりする　話不用說這麼長，大概就好了！……………………………… 71
13. てもいいですか、させてください、させてもらえませんか　我可以去嗎？…… 75
14. ませんか　想要對方 Say Yes，請試著用 No 的方式問！……………………… 79

第四部分：好像的說法

15 みたい、らしい 都是好像，傻傻分不清楚 84
16 そう、よう 小心不要說錯了 89
17 でしょう↗ でしょう↘ でしょう→ 尾音不同意思就不同 93

第五部分：句尾跟我這樣說

18 意向形＋と思っている 我打算這麼做！ 100
19 ないでください 請不要這樣子！ 103
20 なければならない、なきゃ 明天不得不加班啊！ 107
21 なきゃ、なくちゃ、ないと 我真的不回去不行了啦！ 111
22 と言った、と言っていた 你有傳達清楚嗎？ 115
23 てもらえませんか、てください 哪個說法比較有禮貌呢？ 119
24 てしまう、ちゃった 覺得傷心的時候就這麼說吧！ 124

第六部分：你是用怎樣的心情接受的呢？

25 てくれる 謝謝媽媽總是做好吃的點心給我吃！ 130
26 てもらう 謝謝你答應我的請求！ 134
27 てあげる 這樣說有點囂張！ 137
28 てやる 咦！該不會在生氣吧！ 141
29 使役受身形 真的很討厭，一直叫我做事！ 147

第七部分：是你想要還是他想要

30　てほしい　拜託你幫幫我吧！ ……………………………………… 152
31　がる　是別人覺得可怕，不是你覺得可怕吧！ ……………………… 155

第八部分：還有這些也不要搞錯喔

32　っきり、だけ　一個人很寂寞嗎？ …………………………………… 160
33　っけ　雖然我知道，但想再確認一次！ ……………………………… 163
34　わけ　原來是這樣，所以才這麼厲害！ ……………………………… 167
35　おかげ、せい　這都是託你的福啦 …………………………………… 171
36　名詞＋ばかり、て形＋ばかり　什麼！這間店全都是男人！ ……… 175

第九部分：這些學起來表達更到位

37　こと、の　都是名詞化，卻有點不一樣 ……………………………… 180
38　と、たら、ば、なら　偷偷告訴你，我推薦這個 …………………… 185
39　より、のほうが　比較的說法 ………………………………………… 191
40　（ら）れる　尊敬語、可能形、被動形、自發形 …………………… 197
41　にする　我決定要這麼做！這麼做就對了！ ………………………… 203
42　にとって、に対して　中文都是對…，日文意思大不同 …………… 207
43　べき、なければならない　明天必須要還！不還不行了 …………… 211
44　くなる、になる、ようになる　轉變的說法 ………………………… 215
45　て形（原因）　自然形成的結果 ……………………………………… 219

使用說明

第一步
先看情境題，想一想該選那個答案

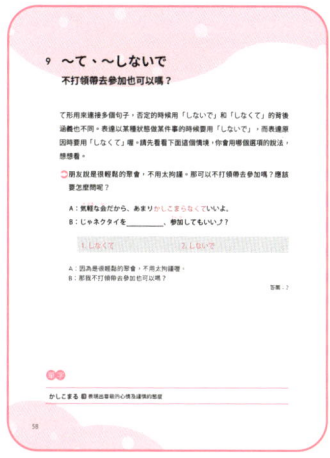

第二步
閱讀文法說明，學習不同文法的語感差異

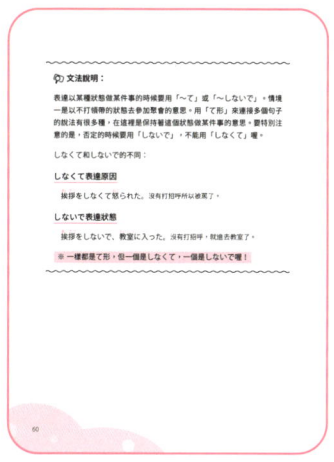

第三步
練習題作答

第四步
對答案看解析，確認學習成效。

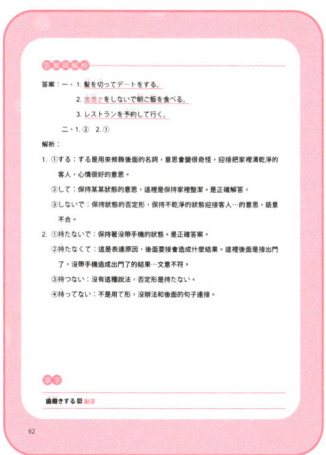

語體說明

① 關於敬語形式（辭書形和ます形）：

辭書形：用於平輩、朋友、親密家人
ます形：用於長輩、不熟的同事等，是較禮貌的說法

本書標題主要使用辭書形
但如果某句型在日常生活中通常用ます形，則維持使用ます形
內文會根據情境（說話對象、場合）選擇適合的形式

② 關於「ている」的口語縮略：

在日常會話中，「ている」系列常見的縮略形式如下：
完整形式 → 口語縮略

ている → てる
ていない → てない
ていた → てた
ていなかった → てなかった
ていて → てて

③ 注意點：

本書內文中出現的縮略形都是日常生活中常見的用法，這些縮略形式是可以使用的，但不縮略也沒有錯誤喔。

第一部分

いる、ある相關句型

1 **て形＋いる** 現在進行式的四種用法，進行式不只是進行式！ ……… 10
2 **て形＋いない** 想做但是還沒做的事情，竟然要用否定進行式？ ……… 27
3 **て形＋あります** 真的準備好了嗎？這樣說讓人更放心！ ……… 32
4 **ある、いる** 教練是活著的吧？ ……… 35
5 **た形＋ことがある** 不是問你有沒有！是問你有過這樣的經驗嗎！ ……… 39

1　て形＋いる
現在進行式的四種用法，進行式不只是進行式！

日文的「て形＋います」句型是現在進行式，表示現在正在做的事情，並從而衍伸出三種意思，分別是結果的狀態、習慣以及身分立場，依序說明於下。

「て形＋いる」基本用法 = 進行式

首先說明「て形＋います」的現在進行式用法。請先看看下面的情境，你會用那個選項的說法，想想看。

➡ 朋友打電話問你在做什麼，要不要一起去出玩？你想回答，現在沒在做什麼啊，空格處應該要選擇哪組日文呢？

A：もしもし、今何(いまなに)してる↗？遊(あそ)びに行(い)かない↗？
B：何(なに)も　　　　　　けど……やめとく。

  1. しない　　　　　　　　2. してない

A：喂，現在在做什麼呢？要出去玩嗎？
B：雖然沒有在做什麼…但還是不要好了。

答案：2

⭕ 朋友問你昨天有沒有看阪神虎比賽，你回答沒有，因為那個時間正在打電動。空格處應該要選擇哪組日文呢？

A：昨日タイガース₁の優勝試合見た↗？

B：見てない。

A：何してたんだよ。

B：ゲーム＿＿＿＿＿＿。ラスボス₂と戦っててさ～それどころじゃなかったんだ。

1. しました　　　　　2. してたんだ

A：昨天有看阪神虎的冠軍賽嗎？
B：沒看。
A：那你在做什麼啦？
B：在打電動。正好打到最後大魔王～沒有看棒球的時間啦。

答案：2

文法說明：

「て形＋いる」有四個用法，第一個是最基本的用法，就是正在做某事的意思，等同於英文的「V＋ing」，表示我正在做…事情。「ています」表達的動作不是瞬間完成，而是有一段時間流逝及經過時的行為動作。

想要說明某動作現在正在持續的時候，就可以用「ている」形，或是「ています」（禮貌形）。

| 1. タイガース 名 阪神虎 | 2. ラスボス 名 最後大魔王 |

在第一個情境中，朋友打電話問你正在做什麼，如果回答「何もしないけど」，就會變成「我沒有要做什麼事」，要表達「我現在沒有正在做什麼事」時，日文就要說「何もしてないけど」才正確。

「ていた」是「ている」的過去式，說明過去某段時間點正在做的事，禮貌形則是「ていました」。

在第二個情境中，要回答說昨天阪神虎的棒球冠軍比賽的那段時間正在打電動，回答「ゲームしてたんだ」才會有那一段時間正在打電動的意思。如果回答「ゲームしました」只是表達比賽的那段時間打了電動，但沒有表現出正在做…的感覺。

「て形＋いる」、「て形＋いた」句型的重點在於它表達的不是一個時間點，而是一段時間的經過。而前者是指現在的一段時間正在做的事，後者是指過去的那個時間正在做的事。

MEMO

練習：

一、請寫出相對應的日文句子

1. 現在正在寫報告。

2. 現在正在講電話。

3. 現在正在看電視。

二、請選出（　　　）中最適當的詞語。

1. A：昨日 7 時から 8 時までの間何をしていたんだ。
   B：その時間、家でゲーム（　　　）よ。
   A：それを証明する人はいるのか。
   B：いないけど。

   A：昨天 7 點到 8 間之間在做什麼啊？
   B：那個時間，在家裡（打電動）啊。
   A：有人可以證明那件事嗎？
   B：沒有呢。

   ① する　　② している　　③ した　　④ していた

2. A：もしもし、どうしたの↗？
   B：今（　　　）のかなって思って・・・。
   A：ご飯食べてたよ。

   A：喂，怎麼了嗎？
   B：想說你現在（在做什麼）…
   A：在吃飯啊。

   ① 何している　　② 何する　　③ 何した　　④ 何したい

答案與解析

答案：一、1. 今レポートを書いています。

　　　　2. 今電話しています。

　　　　3. 今テレビを見ています。

　　　二、1. ④　2. ①

解析：

1. ①する：現在式，不是過去式，所以不能用。

　 ②している：現在進行式，不是過去式，所以不能用。

　 ③した：過去式，但他是問 7 點～ 8 點之間的時間，「した」是表達過去某個時間的點，不是用來表達一段時間。

　 ④していた：表達過去進行式。因為是問過去一段時間做的事，所以用「ていた」是正解。

2. ①何している：問你現在在做什麼，所以要用現在進行式「ている」。

　 ②何する：打電話過來突然問等一下要做什麼，是很奇怪的說法。

　 ③何した：(　　　)前面是「今(現在)」，表示要問現在，因此不能用過去式。

　 ④何したい：打電話來突然問現在想做什麼，是很奇怪的說法。

「て形＋いる」衍伸用法之一：結果的狀態

「て形＋いる」的衍伸用法之一，表示結果的狀態，說明做了某項行為後，該行為就一直持續到說話的當下。請先看看下面的情境，你會用哪個選項的說法，想想看。

➲ 你問對方某某某結婚了嗎？應該要怎麼問呢？

A：山田さんって＿＿＿＿＿＿＿＿＿＿か。
B：結婚しています。
A：若いので結婚してないと思っていました。

> 1. 結婚しました　　　　2. 結婚しています

A：山田結婚了嗎？
B：結婚了啊。
A：因為他很年輕，所以我以為他還沒結婚。

答案：2

➲ 看到一位穿著紅色鞋子的人很眼熟，但想不起來是誰。想問朋友知不知道，該怎麼問呢？

A：あの赤い靴を＿＿＿＿＿＿＿＿＿＿＿人って誰↗？
B：誰だったっけ↗？思い出せないな～。

> 1. 履く　　　　2. 履いている

A：那個穿著紅色鞋子的人是誰？
B：到底是誰啊？想不起來呢～。

答案：2

文法說明：

某天做了某件事情，那個狀態一直持續著時，就要用「て形＋いる」來說。某天結婚了，一直保持著結婚的狀態，要說「結婚(けっこん)している」，並不是每天都在舉行結婚典禮的意思喔～。

看到一位穿著紅鞋的人要說「赤(あか)い靴(くつ)を履(は)いている人(ひと)」，表示穿著鞋子的狀態。如果說「赤(あか)い靴(くつ)を履(は)く人(ひと)」，沒辦法表達出「狀態」，會讓人感到日文怪怪的。

MEMO

練習：

一、請寫出相對應的日文句子

1. 戴著戒指的人是吉田。

2. 我有車子。

3. 他是我同學，我認識他。

二、請選出（　　）中最適當的詞語

1. A：きみ、かわいいね〜。携帯番号(けいたいばんごう)教えて。
   B：ごめんなさい。携帯を（　　　　）の。

   A：你，好可愛呢〜。請告訴我手機號碼。
   B：對不起。（我沒有）手機。

   ①ない　②あってない　③持たない　④持ってない

2. A：田中(たなか)みな実(み)って知(し)ってる↗？
   B：（　　　　）。誰(だれ)↗？

   A：你知道田中美奈實嗎？
   B：（不知道）。她是誰？

   ①知ってる　②知ってない　③知らない　④知る

携帯番号(けいたいばんごう) 图 手機號碼

答案與解析

答案：一、1. 指輪をしている人が吉田さんです。
　　　　2. 車を持っています。
　　　　3. 彼は同級生で、よく知っています。

　　　二、1. ④　　2. ③

解析：

1. ①ない：若要用「ない」，會說「携帯がない」，不會說「携帯をない」。

　②あってない：沒有這種說法。

　③持たない：沒有手機，但這個回答含有自己不想擁有手機的語意在裡面。

　④持ってない：表達沒有手機，並且這個沒有手機的狀態一直持續著。如果某天買了，然後就一直持有著，則會說「持っている」。

2. ①知ってる：從某人那看過或聽過，某天知道了之後，就一直記得的情況，會用「知ってる」。

　②知ってない：日語沒有「知ってない」這種說法，「不知道」會直接說「知らない」。

　③知らない：表示不知道，直接用否定形就是正確的用法。

　④知る：看過或聽過，某天知道了之後就一直記得，會用「知っている」，不會說「知る」。

單字

1. 指輪 戒指	**2.** 同級生 图 同學

「て形＋いる」衍伸用法之二：習慣

「て形＋いる」的第二個衍伸用法，是表達習慣的句型。平常習慣做的事情會用「て形＋いる」來表達，是很日式且自然的說法。請先看看下面這個情境，你會用哪個選項的說法，想想看。

➡ 同事問你平常放假的時候都在做什麼？你回答平常放假會做的事情。應該要怎麼說呢？

A：いつも休みの日は何を ＿＿＿＿＿＿。
B：本を読んだり、ウクレレを弾い ＿＿＿＿＿＿。

> 1. しますか　　たりします
> 2. していますか　たりしています

A：平常放假的時候都在做什麼呢？
B：看看書，彈彈烏克麗麗。

答案：2

🔍 文法說明：

平常習慣做的事情會用「て形＋いる」的句型來表達。雖然有時候也會直接用肯定形來表達，但就<u>無法表達出</u>時間的流逝感覺。

例如：

私は毎朝 7 時に起きる。（我每天早上 7 點起床）

ウクレレ 图 烏克麗麗，英文為 ukulele

「起きる」是瞬間的動作，從睡著到醒來是一瞬間的變化。

電車は8時に出発する。（電車8點出發）

「出発する」是瞬間完成的動作。

若想表達某段時間一直持續做著某件事的話，就要用「て形＋いる」才會顯得比較自然！

補充：私はいつも学校で勉強する。（我總是在學校讀書）

這樣的表達方式也是可以的，所以並不是只能用瞬間的動作來表達。

這句話雖然表達的是習慣性的行為，但不是在描述習慣性的時間流逝過程，而是在描述習慣性的時間點。

簡單來說，我總是在學校讀書，這個總是不是在強調每次讀書要花多久時間（時間的經過／流逝），而是在強調在學校讀書這個行為發生是經常性的。所以這句話的重點在於去學校讀書這個行為，而不是在描述讀書的過程。

練習：

一、請寫出相對應的日文句子

1. 早上習慣去慢跑。

2. 晚上總是在家工作。

3. 放假的時候什麼事也不做。

二、請選出正確答案

1. （　　）裡的日文是表達現在進行式的哪種用法呢？
   A：いつもテニス練習って何しているんですか。
   B：素振り₁とラリー₂、あとはサーブ₃の（練習している）よ。

   A：平時網球的練習都在做什麼？
   B：（練習）揮桿、對打、還有發球啊。

①進行形	②習慣	③結果的狀態	④身分立場

2. A：日本の専業主婦は何してるの⤴？
   B：掃除、洗濯、買い物、それから送り迎えなんかを（　　）よ。
   A：ママ友とランチとかしてるのかと思った。
   B：忙しくてそんな暇ないわよ。

   A：日本的家庭主婦都在做什麼？
   B：打掃、洗衣服、買東西、還有接送小孩喔。
   A：我還以為是和小孩的媽媽們一起吃午餐之類的。
   B：忙到根本沒有那種時間啦。

①する	②した	③している	④したり

單字

1. 素振り 名 練習揮棒	2. ラリー 名 對打，英文為 rally	3. サーブ 名 發球，英文為 serve

答案與解析

答案：一、1. 朝はジョギングをしています。
　　　　2. 夜はいつも内職しています。
　　　　3. 休日は何もしていません。

　　　二、1. ②　2. ③

解析：

1. ②習慣：被問到平常打網球都怎麼練習，是表達「習慣」的意思。
2. ③している：這裡是表達習慣之意，因此要用「動詞て形＋いる」。

單字

　在家從事的兼差工作

「て形＋いる」衍伸用法之三：身分立場、狀態

「て形＋いる」的第三個衍伸用法，是用來表示身分、立場的句型。請先看看下面的情境，你會用哪個選項的說法，想想看。

◯ 你正在和別人介紹自己的職業。應該要怎麼說呢？

　　A：初めまして、吉武です。
　　　　日本語教師＿＿＿＿＿＿＿＿＿＿＿＿＿＿。
　　B：田中です。よろしくお願いします。

　　　1. です　　　　　　　　2. をしています

　　A：初次見面，我叫吉武。
　　　　是一位日文老師。
　　B：我叫田中。請多多指教。

答案：2

◯ 被問到你現在是學生嗎，該怎麼回答呢？

　　A：陳さんは、大学生ですか。
　　B：大学三年生で、今出版社で＿＿＿＿＿＿＿＿＿＿＿＿＿＿＿＿＿。

　　　1. インターンをします　　2. インターンをしています

　　A：陳先生是大學生嗎？
　　B：我大三，現在在出版社實習。

答案：2

 單字

インターン 名 實習　Intern

23

🔊 文法說明：

表達自己的身份和立場的時候用「て形＋いる」。說明別的人事物的立場時也可以使用，例如「〇〇会社(かいしゃ)は半導体(はんどうたい)を作(つく)っている会社(かいしゃ)だ。(〇〇公司是半導體製造商)」。

第一個情境選項 1. 的「です」，說成「日本語教師(にほんごきょうし)です」來介紹自己的工作，雖然在文法上沒有問題，這麼說對方也聽得懂，只是日本人不會這麼說。用「て形＋いる」的表達方式更自然，不會讓對方覺得你的日文還處於初級階段。

MEMO

練習：

一、請寫出相對應的日文句子

1. 我在大學學習法律。

　

2. 我在當 Youtuber。

　

3. 我在研究生物學。

　

二、請選出（　　　）中最適當的詞語

1. A：武って仕事何してるの↗？
   B：車の整備を（　　　　）。

   A：武在做什麼工作啊？
   B：在（做）車輛的維修。

   | ①する | ②している | ③した | ④しなかった |

2. A：えりかちゃん、久しぶり～。今何してるの↗？
   B：名古屋でスペイン語を（　　　　　）。

   A：惠梨香，好久不見～。現在在做什麼工作呢？
   B：我在名古屋（教）西班牙語。

   | ①教えた | ②教えてる | ③教える | ④教えられる |

25

答案與解析

答案：一、1. 大学で法律を学んでいます。
2. Youtuberをしています。
3. 生物を研究しています。

二、1. ②　2. ②

解析：

1. ①する：一瞬間的動作，被問到工作是什麼的時候，不會這樣回答。

　　②している：表達現在的工作就是要用「て形＋いる」。

　　③した：做過一次的意思。

　　④しなかった：過去否定形。

2. ①教えた：做過一次的意思。

　　②教えてる：表達現在的工作就是要用「て形＋いる」。

　　③教える：一瞬間的動作，被問到工作是什麼的時候，不會這樣回答。

　　④教えられる：可能形，「可以教」的意思。

2　て形＋いない
想做但是還沒做的事情，竟然要用否定進行式？

動詞的否定形只是單純的否定，如果除了否定之外，還想表達等一下要去做的意思時，就要使用「て形＋いない」的句型。請先看看下面這個情境，你會用哪個選項的說法，想想看。

➲ 被問到吃午餐了沒。回答雖然還沒吃，但等下會吃。應該要怎麼說呢？

A：もうお昼食べた↗！？
B：まだ＿＿＿＿＿＿＿＿＿＿＿。

　　1. 食べない　　　　　　2. 食べてない

A：你中午吃了嗎！？
B：我還沒吃。

答案：2

文法說明：

用「食べない」的時候，是表明自己不想吃的意思。想吃但是還沒有吃的時候要說「食べていない」。動詞的「否定」形和否定進行式「ていない」所要表達的意思完全不一樣，很重要喔！

「て形＋いない」用於尚未完成但有可能會做的事情，而「否定形」則表示不打算做的意思。

27

● 食べる（吃）普通否定形及否定進行式各種表達法的中日對照

日文	中文翻譯	說話者的內心想法及行為
食べない	不吃	自己決定不想要吃
食べていない	（還）沒吃	想吃但是還沒吃
まだ食べない	還不吃	現在還不想吃
まだ食べていない	還沒吃	現在還沒吃，但等等可能會去吃
もう食べない	已經不吃了，再也不吃了	已經吃飽，不想再吃了
もう食べていない	已經沒有在吃了	已經吃飽了，沒有在吃了
まだ食べる	還要吃	還想要吃東西
まだ食べている	還在吃	還在繼續吃
もう食べる	已經要吃了，待會就吃了	還沒吃，但已經要去吃了
もう食べている	已經在吃了	已經在吃飯了

※ 補充說明：「ている」的「い」經常省略，變成「てる」。
　　例如　食べていない　　食べてない
　　　　　食べている　　　食べてる

練習：

一、請寫出相對應的日文句子

1. 報告還沒寫。

   _____

2. 還沒有煮飯。

   _____

3. 朋友還沒有來。

   _____

二、請選出（　　　）中最適當的詞語

1. A：顔(かおあら)洗った↗！？。

   B：まだ（　　　　　　　）。

   A：早(はや)く洗(あら)ってご飯(はん)食(た)べるわよ。

   A：洗臉了嗎？
   B：（還沒洗）。
   A：趕快洗一洗要吃飯了喔。

   ①洗(あら)う　②洗(あら)っている　③洗(あら)わない　④洗(あら)ってない

2. A：6月(がつ)なのにまだ寒(さむ)いですね。どこかでカイロ売(う)ってないかな。

   B：もう（　　　　　　　）よ。

   A：明明已經6月了但還是好冷啊。哪裡有在賣暖暖包啊？
   B：已經（沒有在賣）了喔。

   ①売ります　②売っています　③売りません　④売っていません

カイロ 名 暖暖包

29

3. A：ご飯食べた↗？

　　B：まだ（　　　　　　　）。

　　A：何で↗？ダイエットしてるの↗？

　　B：そうそう。3キロ増えちゃって。

A：吃飯了嗎？
B：（我還不要吃）。
A：為什麼？你在減肥嗎？
B：對啊對啊。我胖了3公斤。

①食べる　②食べている　③食べない　④食べてない

答案與解析

答案：一、1. レポートをまだ書いていません。

　　　　 2. まだご飯を作っていません。

　　　　 3. 友達がまだ来ていません。

　　　二、1. ④　2. ④　3. ③

解析：

1. ①洗う：表達還想繼續做那個動作的意思，這裡是還要洗臉的意思。

　　②洗っている：表達動作正在持續中的意思，這裡是正在洗的意思。

　　③洗わない：表達還不想做的意思，這裡是不想要洗臉的意思。

　　④洗ってない：想洗臉，但是還沒洗，等下會洗的意思。完整的句型是「まだ洗っていない」，這裡把「い」省略掉，即「まだ洗ってない」和「まだ洗っていない」是一樣的意思。「い」可加，也可以不加，是習慣的問題，兩個都是對的。

ダイエットする 動 減肥

30

2. ①売ります：已經在考慮要做這件事，這裡是即將要賣了的意思。

　①売っています：已經在做那件事了，這裡是已經在賣了的意思。

　③売りません：已經不會再做那件事了，這裡是已經不會再賣了的意思。

　④売っていません：現在是 6 月，平常的話已經是很溫暖的時期了，所以已經沒有在賣暖暖包了。「もう売っていません」，那件事現在已經沒有持續了的意思。

3. ①食べる：那件事還會繼續做的時候使用。

　②食べている：那件事還持續著的意思。

　③食べない：否定形，包含了自己還不想這麼做的意思在裡面。這裡是我不要吃的意思。因為要減肥，所以不吃，是正確解答。

　④食べていない：想做那件事，但是還沒有做完的意思。

3　て形＋あります

真的準備好了嗎？這樣說讓人更放心！

學過日語動詞的你一定知道，動詞過去式表示某事已經做完了。那麼，什麼樣的情況下要用「て形 + あります」這樣的句型呢？請先看看下面這個情境，你會用哪個選項的說法，想想看。

➡ 同事請你去買明天歡迎會要用的飲料。你回答已經買好了。應該要怎麼說才比較好呢？

A：明日歓迎会をするので飲み物を買ってきてください。

B：もう＿＿＿＿＿＿＿＿＿＿。

  1. 買いました   2. 買ってあります

A：明天有歡迎會，請你去買飲料回來。
B：已經買好了。

答案：2

🔊 文法說明：

表達為了某件事，已經做好準備了的時候，可以用「て形 + あります」。重點放在「那件事已經完成了，準備的很完美，不用擔心」的時候使用。強調「完成了」，「買ってあります」，已經買好了。

回答「買いました」其實也沒有錯，但只是單純的表達你已經做了這件事，沒有表達出已經做好萬全準備的語意。

練習：

一、請寫出相對應的日文句子

1. 票已經買好了。

2. 材料已經準備好了。

3. 已經告訴他時間更改了。

二、請選出（　　）中最適當的詞語

1. A：お客さんは5時の予約だったね。飲み物を冷やして₁おいてください。

   B：（　　　　　　　）。

   A：客人預約5點。請先把飲料拿去冰好。
   B：（不用擔心已經拿去冰了）。

   ①冷やしておきます　②冷やしました　③冷やしてあります　④冷やします

2. 複選題

   A：会議の時間は伝えて₂あるのか。

   B：はい、（　　　　　　　）。

   A：已經傳達開會的時間了嗎？
   B：是，（已經聯絡好了）。

   ①連絡します　②連絡するつもりです　③連絡してあります　④連絡してありました

單字

| 1. 冷やす 動 冷卻 | 2. 伝える 動 傳達 |

答案與解析

答案：一、1. チケットはもう買ってあります。
　　　　2. 材料は準備してあります。
　　　　3. 時間変更は伝えてあります。

　　　二、1. ③　2. ③、④

解析：

1. ①冷やしておきます：還沒有拿去冰，等等就會拿去冰。

　　②冷やしました：表達已經拿去冰了，但沒有表達出做好萬全的準備了的語意。

　　③冷やしてあります：強調已經拿去冰了，都做好準備了，不用擔心。和主管報告的時候，用這個說法感覺更有責任感！

　　③冷やします：單純表達，還沒有冰，等等就拿去冰。

2. ①連絡します：還沒聯絡，等等就聯絡的意思。

　　②連絡するつもりです：有打算聯絡，但還沒有聯絡。

　　③連絡してあります：強調已經「親自」聯絡完畢，準備好了，不用擔心。

　　④連絡してありました：強調已經「有人（不是自己）」聯絡完畢，準備好了，不用擔心的意思。

單字

チケット 名 門票

4 ある、いる 教練是活著的吧？

中文的「有」可以對應到日文的「ある」和「いる」，但是什麼時候用「ある」，什麼時候用「いる」有很清楚的分別喔。請先看看下面的情境，你會用哪個選項的說法，想想看。

→ 朋友想要找人教他。你看到教練就站在旁邊，因此回答說「請教練教你吧～」。應該要怎麼回答呢？

A：ちょっと教えて～～。
B：あっ、あそこに＿＿＿＿＿＿＿＿よ。教えてもらったら↗！？

> 1. コーチがある　　　　2. コーチがいる

A：稍微教我一下～～。
B：啊，教練就在那邊啊。請教練教你如何！？

答案：2

→ 朋友想要找我們班的班導師。問老師在哪裡，你該怎麼回答呢？

A：先生はどこですか。
B：職員室に＿＿＿＿＿＿＿＿よ。

> 1. 先生がある　　　　　2. 先生がいる

A：老師在哪裡呢？
B：在辦公室喔。

答案：2

コーチ 图 教練 coach

🔊 文法說明：

「ある」和「いる」這兩個動詞都表示「存在」，翻成中文都是「有」的意思，因此學日文的同學很容易搞錯。「ある」用來表示無生命的物體、植物、物品、概念的存在，「概念」就例如像是「計画（計畫）」、「夢（夢想）」等無形的存在。而「いる」則是用來表示有生命的、活著的人類或動物的存在。

MEMO

練習：

一、請寫出相對應的日文句子

1. 桌子上有一本書。

2. 他的口袋裡總是有糖果。

3. 公園裡有小孩。

二、請選出（　　）中最適當的詞語

1. A：この本の中には、話す猫と踊る犬が
    （　　　　）んですよ。
   B：それは面白い。私も読んでみたい。

   ①いない　②いる　③ある　④ない

   A：在這本書裡，（有）會說話的貓和會跳舞的狗喔。
   B：那很有趣。我也想讀讀看。

2. A：あのマンションには、幽霊が（　　　　）と
    いう噂があります。
   B：あのマンションの前を毎日通るのに、怖すぎるよ。

   ①いない　②いる　③ある　④ない

   A：那棟公寓，傳聞（有）幽靈。
   B：我每天都會從那棟公寓前面經過，太可怕了。

單字

噂 名 傳聞

答案與解析

答案：一、1. テーブルの上（うえ）に本（ほん）がある。

　　　　 2. 彼（かれ）のポケット₁の中（なか）にいつもキャンディー₂がある。

　　　　 3. 公園（こうえん）に子供（こども）がいる。

　　 二、1. ②　2. ②

解析：

1. ①いない：表示不存在。根據 A 的發言，這裡想表達的是存在，所以這個選項不適合。

   ②いる：表示人或動物的存在。在這裡，「會說話的貓和會跳舞的狗」是賦予了動物人格特質的表現，被擬人化了，所以用「いる」比較適合。

   ③ある：表示無生命物體或概念的存在。在這種情況下，說話的貓和跳舞的狗作為擬人化的生物，因此用「ある」不正確。

   ④ない：表示無生命物體或概念不存在。在這題語境中不合適。

2. ①いない：表示不存在。A 的發言是指幽靈存在的傳聞，語意上不正確。

   ②いる：指的是人、動物或幽靈等擬人化的存在。此處幽靈被視為一種具有人格特質的存在，所以要用「いる」。

   ③ある：通常用於無生命物體或概念的存在。幽靈被視為具人格化的存在，所以用「ある」會顯得不自然。

   ④ない：表示不存在，與「いない」同樣表達不存在，與此題語境不適合。

單字

1. ポケット 图 口袋	2. キャンディー 图 糖果

5 た形＋ことがある
不是問你有沒有！是問你有過這樣的經驗嗎！

「ことがある」前面的動詞是過去式的た形或是辭書形，意思有很大的不同，你能清楚的分別出來嗎？請先看看下面這個情境，你會用哪個選項的說法，想想看。

➡ 有人問你是不是第一次去日本，你回答說之前有去過一次。應該要怎麼回答呢？

A：日本は初めてですか。
B：一回＿＿＿＿＿＿＿＿＿＿。

> 1. 行くことがあります　　　2. 行ったことがあります

A：是第一次去日本嗎？
B：以前有去過一次。

答案：2

➡ 朋友問你有沒有吃過納豆，你回答說以前吃過一次。應該要怎麼回答呢？

A：納豆を食べたことがありますか。
B：はい、一回＿＿＿＿＿＿＿＿＿＿。

> 1. 食べることがあります　　　2. 食べたことがあります

A：你有吃過納豆嗎？
B：是的，以前吃過一次。

答案：2

39

文法說明：

「行くことがある」,「辭書形＋ことがある」用來表示某件事情偶爾會發生。「行ったことがある」,「た形＋ことがある」是指過去的經驗。在這裡是想表達曾經去過一次的經驗。「ない形＋ことがある」則表示某事偶爾不會發生。接在「ことがある」前面的動詞形態不同，所表達的意思也會有所不同，要注意哦！

MEMO

練習：

一、請寫出相對應的日文句子

1. 工作太忙了，曾經忙到連貓的手都想借來用的程度。

2. 曾經不小心把很重要的秘密說溜嘴。

3. 曾經在演講的時候褲子破了。

二、請選出（　　）中最適當的詞語

1. A：今までにとんでもない失敗をしたことがありますか。
   B：電車で爆睡して、終点まで行って（　　　　　）。

   ①しまわないことがあります　　②しまうことがあります
   ③しまったことがあります　　　④しまった

   A：目前為止有發生過很重大的失敗嗎？
   B：（曾經）在電車上呼呼大睡，結果坐到了終點站。

2. A：シャンプー₁とリンス₂を（　　　　　）ことがあって、いつもあれやっちゃうんだよね。
   B：それで全然泡が立たないんでしょう。私もよくやる。

   ①間違えた　②間違える　③間違えない　④間違えなかった

   A：（有時候會搞錯）洗髮精和潤髮乳，經常會不小心這樣子呢。
   B：結果完全不會起泡泡對吧。我也常常這樣。

單字

1. シャンプー 名 洗髮精	2. リンス 名 潤髮乳

答案與解析

答案：一、1. 仕事が忙しすぎて、猫の手も借りたいくらい大変だったことがあります。

2. 大事な秘密を口が滑って言ってしまったことがあります。

3. プレゼン₁中にズボン₂が破れて₃しまったことがあります。

　二、1. ③　2. ②

解析：

1. ①しまわないことがあります：這裡使用的是「現在否定形＋ことがあります」。表達「有時候不會那樣子做」的意思。在這裡文意不合。

②しまうことがあります：「辭書形＋ことがあります」表達「這個行為有時候會發生」的意思。不是用來表達過去的經驗。

③しまったことがあります：「た形＋ことがあります」表達過去曾經有過那種經驗，是正確選項。

④しまった：「た形」是過去式，後面沒有接「ことがあります」不能用來表達過去的經驗，不符合這裡想表達的意思。

2. ①間違えた：「た形＋ことがある」表達過去的經驗，這裡文意不合。

②間違える：從句子上來判斷，A經常把洗髮精和潤髮乳搞混，所以用「辭書形＋ことがある」表示偶爾會發生，是適合的選項。

③間違えない：否定形，這裡文意不合。

④間違えなかった：過去否定形，這裡文意不合。

單字

| 1. プレゼン 名 演講 | 2. ズボン 名 褲子 | 3. 破れる 動 破掉 |

第二部分

疑問句

6 **何か、誰か、どこか** 我沒有想要知道你要去哪裡，你告訴我幹麻？ ················ 44

7 **何も、何でも** 肯定否定傻傻分不清楚，千萬不能用錯喔！ ················ 49

8 **の（ん）ですか** 好想知道！麻煩告訴我好嗎！
················ 53

6 何か、誰か、どこか
我沒有想要知道你要去哪裡，你告訴我幹麻？

很多同學對日文句子中間加了「か」的問句，會用日本人聽起來怪怪的方式回答，你是其中一位嗎？請先看看下面這個情境，你會用哪個選項的說法，想想看。

➡ 朋友問你有要去哪裡嗎？你回答說，嗯，有個要去的地方。應該要怎麼說呢？

A：どこか行くの？
B：＿＿＿＿＿＿＿＿＿＿＿＿。

> 1. 今日はおいしいケーキの隠れ家₁を探しに、カフェ巡り₂に行くんだ。
> 2. うん、行くよ〜〜。

A：有要去哪裡嗎？
B：嗯，有個地方要去〜〜。

答案：2

單字

| 1. 隠れ家 图 隱藏店家、藏身之處 | 2. 巡る 動 沿著…走 |

🔍 文法說明：

當被問到「どこに行きますか（要去哪裡呢？）」時，答案才會選 1. 今日はおいしいケーキの隠れ家を探しに、カフェ巡りに行くんだ。（今天我要去咖啡館之旅，尋找提供美味蛋糕的隱密店家。）

どこに行きますか 和 どこか行きますか 的不同點：

「どこに行きますか」和「どこか行きますか」意思大不同。「どこに行きますか」是已經確定對方要去某個地方，想問對方他要去的地方是哪裡。回答的時候必須回答具體的地點。例如，被問「今日はどこに行きますか？（今天要去哪裡呢？）」，要回答「今日は銀座に行きます（今天要去銀座）」之類的具體的地點。

「どこか行きますか」只是詢問對方是否有要去哪裡。只要回答「はい、行きます」或是「いいえ、行きません」，告訴他有要出門還是沒有就可以了，不需要回答具體的地方。例如，被問「今日はどこか行きますか？（今天有要去哪裡嗎？）」，回答「うん、ちょっと買い物に出かけるよ。（嗯，要去買點東西喔。）」，必須先回答有沒有要出門，具體要去的地方可以回答，也可以不要回答。

句子中的 か 的意思：

「どこか」「なにか」「だれか」「いつか」「どれか」「どうか」有一個共通點，就是都加了「か」。「か」是一個不確定的助詞，表達一個不確定的人事物、地點和時間。加了「か」的用法並不是想詢問特定的情報，只是想詢問比較粗略的情報。分別說明如下。

- **どこか**：某個地方，但不想詢問真正的地點。有人問「どこかに行きたい↗？（有想去哪裡嗎？）」，不是想問要去哪個地點，而是想問，

45

有沒有要去的意思。要去的地方還沒有決定，只是詢問要不要去。

- **なにか**：某個事物。有人問「なにか食べたい↗？（有想吃什麼嗎？）」，不是問你想吃什麼，而且是問你有沒有要吃東西的意思。還沒有決定要吃什麼時常常會這樣子問。

- **だれか**：某個人。有人問「だれかが来た↗？（有人來嗎？）」，不是具體詢問誰來了，而是問有沒有人來。

- **いつか**：某個時間，有人說「いつか旅行に行きたい↗？（哪天想不想去旅行？）」，不是要問你確切的時間，而且問將來想不想去旅行。想要去，但時間還沒有決定。

- **どれか**：某一個，有很多個選項裡的其中一個。有人說「この中のどれかを選んでください（請從裡面選一個）」，沒有指定你選哪一個，而是叫你從裡面選一個。用在有複數選項的時候。

- **どうか**：某個方法，有人說「どうか助けてください（無論如何請幫幫我）」，有沒有什麼辦法能夠幫我，無論手段和方法。帶著很有禮貌的心情請對方幫忙。

加上助詞か，讓對話更為順暢：

這些詞的共同點是結尾加了「か」，使疑問或命令語氣變得較為委婉。這種表現方式不會直接詢問具體的資訊，讓雙方的交流變得更為柔和。通常用在不針對特定的人、事、物、地點或時間的情況下而提出的詢問。

練習：

一、請寫出相對應的日文句子

1. 有人在半夜看到幽靈而大叫。

   _____

2. 鑰匙掉在某個地方了。

   _____

3. 一發現某件有趣的事，他就會想馬上試試看。

   _____

二、請選出（　　　）中最適當的詞語

1. A：（　　　）で僕の眼鏡を見かけなかった↗？
   B：見てないけど。
   A：あっ、頭の上にあった。

   A：有沒有（在哪裡）看到我的眼鏡呢？
   B：沒有看到呢。
   A：啊，在我的頭上。

   ①どこに　②どこで　③どこか　④どこが

2. A：（　　　）手伝うことがあれば言って。
   B：分かった。今のところ大丈夫。

   A：如果（有什麼）需要幫忙的就告訴我。
   B：知道了。目前沒有任何問題。

   ①なにに　②なにで　③なにを　④なにか

47

答案與解析

答案：一、1. 誰かが夜中に幽霊を見たと叫ん₁でいる。
　　　　2. どこかで鍵₂を失くし₃た。
　　　　3. 何か面白いことを見つける₄と、彼はすぐにそれを試し₅てみたくなる。
　　　二、1.③　2.④

解析：

1. ①どこに：是詢問特定的「場所」的意思。「どこに眼鏡を置いた↗？」，詢問我的眼鏡具體是放在哪裡。但沒有「どこにで」的說法。

   ②どこで：「どこで見ましたか」，「在哪裡看到？」的問法。在這裡要說「どこで見かけた↗？」比較自然。

   ③どこか：「どこかで」是「どこかの場所で」，後面的で是場所的で，在某個地方的意思。A 正在找他的眼鏡，問有沒有在某個地方看到我的眼鏡呢？

   ④どこが：詢問特定的「場所」，但是沒有「どこがで」這種說法。

2. ①なにに：具體詢問需要幫忙做什麼事時應該說「何に手伝いが必要ですか。」。

   ②なにで：這個「で」是方法、手段的「で」，在這裡文意不符。

   ③なにを：「有什麼能幫忙的嗎？」，雖然也是正確文法，但這裡用「なにか」更適合。「なにか」應用範圍廣，無論要幫什麼忙都可以告訴我。用「なにを」來問時，回答者要具體說「請幫我把桌子排好」之類的事。

   ④なにか：「有什麼（不具體的內容）我能幫忙的，就告訴我吧」的意思，只需要回答「はい（是）」「いいえ（不是）」就可以了。

單字

1. 叫ぶ 動 大叫	3. 失くす 動 搞丟	5. 試す 動 嘗試
2. 鍵 名 鑰匙	4. 見つける 動 發現	

7　何も、何でも
肯定否定傻傻分不清楚，千萬不能用錯喔！

「も」和「でも」的後面，到底要接動詞的肯定型還是否定型，你知道怎麼區分嗎？請先看看下面這個情境，你會用哪個選項的說法，想想看。

➲ 朋友問你有什麼討厭吃的東西，你回答我什麼都吃。應該要怎麼回答呢？

A：嫌いな物とかある↗！？
B：＿＿＿＿＿食べます。

　1. 何も　　　　　　　2. 何でも

A：有什麼討厭的食物嗎？
B：我什麼都吃。

答案：2

📖 文法說明：

「疑問詞＋も」後面幾乎都會加否定句

只能用否定的句子

- 何も：何も食べません。什麼都不吃。

- 誰も：誰も来ません。誰都不來。

- どれも：どれも選びません。哪個都不選。

- どこも：どこも行きません。哪裡都不去。

※ 例外：表達狀態時，有時會使用「どこも＋肯定」的形式。

• どこも混んでいる。到處都很擁擠。

• どこも開いている。到處都開著。

「疑問詞＋でも」後面幾乎都會加 肯定句

只能加肯定的句子

• 何でも：何でも食べます。什麼東西都吃。

• 誰でも：誰でも参加できます。任何人都能參加。

• どれでも：どれでも選べます。任何一個可以選。

• どこでも：どこでも行けます。哪裡都可以去。

MEMO

練習：

一、請寫出相對應的日文句子

1. 他是對任何事情都要挑戰的類型。

2. 因為缺水，現在是哪裡都買不到水的狀況。

3. 因為這個問題很簡單，不管是誰都能全部答對喔。

二、請選出（　　）中最適當的詞語

1. 複選題

    A：ケーキ屋さんで店員さんに『（　　）好きなケーキを選んでいいよ』と言われたけど、全部美味しそうで選べなかった。

    B：あそこのケーキはどれもおいしいからな～。

    A：蛋糕店的店員說「喜歡的蛋糕（都可以）選喔」，但是全部都很好吃的樣子，沒辦法選。
    B：因為那裡的蛋糕每一個都很好吃呢～。

    | ①どれも | ②どれでも | ③なんでも | ④なにも |

2. A：彼女は（　　）寝られる特技を持っているから、飛行機の中でもぐっすり寝ていたよ。

    B：逆に羨ましいけどね。

    A：她有（在任何地方）都可以睡覺的特殊能力，在飛機裡也能睡得很沉喔。
    B：反而很令人羨慕呢。

    | ①どこも | ②どこでも | ③どこで | ④どこが |

單字

ぐっすり 副 睡得很熟

答案與解析

答案：一、1. 彼は何でもチャレンジする₁タイプ₂です。

2. 水不足₃で、どこも水が買えない状況です。

3. このクイズ₄は簡単だから、誰でも全問正解できるよ。

二、1. ②、③　2. ②

解析：

1. ①どれも：「どれも＋否定」才是正確的說法，在這裡文意不合。

②どれでも：只要喜歡的蛋糕，哪個都可以選。是最自然的答案。

③なんでも：「什麼都可以」。只要喜歡的蛋糕都可以選。也是正解。

④なにも：「なにも＋否定」才是正確的說法，在這裡文意不合。

2. ①どこも：「どこも＋否定」比較自然。

②どこでも：「どこでも＋肯定形」「在任何地方」都可以的意思，是正解。

③どこで：「で」是在某個地方做某件事的，在這裡文意不合。好像在問「どこで寝られるか（在哪裡能睡得著？）」的感覺。

④どこが：「が」前面的どこ變成主詞，與文意不合。好像在問「どこが寝られる場所か（哪裡是能睡覺的地方呢？）」的感覺。

單字

1. チャレンジする 動 挑戰 challenge	3. 水不足 名 缺水
2. タイプ 名 類型 type	4. クイズ 名 問題、測驗 quiz

8　の（ん）ですか　好想知道！麻煩告訴我好嗎！

你一定知道要表達日文的疑問說法時，只要在語尾加上表示疑問助詞「か」，說成「～か」日本人就知道你在問問題了不是嗎？話是沒錯啦，但是有時候用上升聲調或是語尾加「の」，更能表達出想要知道詳細理由的語感喔。請先看看下面這個情境，你會用哪個選項的說法，想想看。

➡朋友說今天是很特別的一天，你問為什麼特別呢？應該怎麼問比較好？

A：今日は特別な日だよ。
B：＿＿＿＿＿＿＿＿＿＿＿＿。
A：うちの金魚の誕生日。

| 1. どうして特別↗？ | 2. どうして特別なの↗？ |

A：今天是特別的日子喔。
B：為什麼是特別的日子呢？
A：是我家金魚的生日。

答案：2

🔍 文法說明：

「～んですか」和「～の」都是用來表達疑問時使用，但比起單純的疑問，更有想要獲得對方詳細說明的含意在裡面，想要知道更詳細的理由、背景時使用。

「どうして特別なんですか？（為什麼特別呢？）」的「んですか」也是一種有禮貌的說法，讓對方感覺你很有教養，還能表現出自己非常想了解詳情。

另一方面，「の」會用在比較輕鬆的對話。比較親近的對象和比較輕鬆的場合可以使用，給對方一種自然而且親切的感覺。

「どうして特別なの？」和「どうして特別なんですか？」等等的表達方式，含有想具體的了解詳情，希望對方詳細說明的含意。

MEMO

練習：

一、請寫出相對應的日文句子

1. 你真的有能在天空上飛的車嗎？

2. 那個超大蛋糕，你打算一個人全部吃掉嗎？

3. 為什麼冰箱貼了大猩猩的照片？

二、請選出（　　　）中最適當的詞語

1. A：今日の俺のファッション₁、イケてる₂だろ↗？
   B：全身スパンコール₃のスーツを（　　　）↗？
   A：今日はディスコ₄ではっちゃける₅からさ。

   A：今天我的穿著風格很棒對吧？
   B：你要（穿著）全身都是亮片的西裝（去嗎）？
   A：因為今天要去迪斯可玩啊。

   ①着ていく　②着ていくか　③着ていくんですか　④着ていくの

2. A：この格好をもう１時間も続けているんだ。
   B：どうして（　　　　　　　）？
   A：泣きたいときは逆立ち₆をしたらいいって昔おばあちゃんに教えてもらったんだ。

   A：這個姿勢已經持續１個小時了。
   B：為什麼（要倒立呢）？
   A：以前奶奶教過我，想哭的時候就倒立。

   ①逆立ちしているの　②逆立ちする　③逆立ちしている　④逆立ちしているか

單字

1. ファッション 名 流行 fashion
2. イケてる 通俗語。很不錯，很可以，很行
3. スパンコール 名 亮片 spangle
4. ディスコ 名 迪斯可、舞廳 disco
5. はっちゃける 動 玩得開心、玩開、玩到瘋
6. 逆立ちする 動 倒立

答案與解析

答案：一、1. 本当に空飛ぶ車を持っているんですか。
　　　　2. その巨大なケーキ、一人で全部食べるつもりなんですか。
　　　　3. どうして冷蔵庫にゴリラの写真が貼ってあるの↗？

　　　二、1. ④　2. ①

解析：

1. ①着ていく：肯定形，明確的表達疑問時後面要加「の」。

　　②着ていくか：句尾加上「か」來表達疑問時不能用普通形，必須要用禮貌形。

　　③着ていくんですか：這個「んですか」是禮貌的疑問，上下文是用普通形，只有這句用禮貌形很不自然。

　　④着ていくの：用「の」來表達疑問，包含了希望對方詳細說明的含意在裡面。是正確答案。

2. ①逆立ちしているの：問對方為什麼倒立了一個小時呢？用「の」來表示疑問，希望對方說明。是正確答案。

　　②逆立ちする：動詞的普通形，在這裡是要提出疑問，所以不適合。

　　③逆立ちしている：現在進行式，這裡是要提出疑問，所以不適合。

　　④逆立ちしているか：最後面加上「か」來表達疑問時不能用普通形，必須要用禮貌形。

單字

ゴリラ　名　大猩猩　gorilla

第三部分

句子的連接法

9 **～て、～しないで** 不打領帶去參加也可以嗎？
　　　　　　　　　　　　　　　　　　　　58

10 **～し～し** 吸吸吸！理由這樣表達最自然 …… 63

11 **て形＋から、た形＋後で** 我的說法錯了嗎？
　　　　　　　　　　　　　　　　　　　　67

12 **たり、たりする** 話不用說這麼長，大概就好了！
　　　　　　　　　　　　　　　　　　　　71

13 **てもいいですか、させてください、させてもらえませんか** 我可以去嗎？ ……………… 75

14 **ませんか** 想要對方 Say Yes，請試著用 No 的方式問！……………………………………… 79

9　〜て、〜しないで
不打領帶去參加也可以嗎？

て形用來連接多個句子，否定的時候用「しないで」和「しなくて」的背後涵義也不同。表達以某種狀態做某件事的時候要用「しないで」，而表達原因時要用「しなくて」喔。請先看看下面這個情境，你會用哪個選項的說法，想想看。

⮕ 朋友說是很輕鬆的聚會，不用太拘謹。那可以不打領帶去參加嗎？應該要怎麼問呢？

A：気軽な会だから、あまりかしこまらなくていいよ。
B：じゃネクタイを＿＿＿＿、参加してもいい↑？

1. しなくて　　　　　　2. しないで

A：因為是很輕鬆的聚會，不用太拘謹喔。
B：那我不打領帶去參加也可以嗎？

答案：2

單字

かしこまる　動　表現出尊敬的心情及謹慎的態度

➲朋友邀請你去出門玩,問你午餐怎麼打算。該怎麼回答呢?

A：そろそろ出発しようか。お昼ご飯はどうする↗?
B：お昼ご飯を食べ＿＿＿＿＿＿、先に出発しようか。
途中でなんか買えばいいし。

　　1. なくて　　　　　　　2. ないで

A：差不多該出發了吧。午餐怎麼辦?
B：不吃午餐先出發吧。途中再買個什麼就好了。

答案：2

📖 文法說明：

表達以某種狀態做某件事的時候要用「～て」或「～しないで」。情境一是以不打領帶的狀態去參加聚會的意思。用「て形」來連接多個句子的說法有很多種,在這裡是保持著這個狀態做某件事的意思。要特別注意的是,否定的時候要用「しないで」,不能用「しなくて」喔。

しなくて和しないで的不同:

しなくて表達原因

挨拶(あいさつ)をしなくて怒(おこ)られた。沒有打招呼所以被罵了。

しないで表達狀態

挨拶(あいさつ)をしないで、教室(きょうしつ)に入った。沒有打招呼,就進去教室了。

※ 一樣都是て形,但一個是しなくて,一個是しないで喔!

練習：

一、請寫出相對應的日文句子

1. 剪完頭髮後去約會。

2. 沒刷牙就吃早餐。

3. 預約後去餐廳。

二、請選出（　　　）中最適當的詞語

1. A：いつ来ても綺麗にしているね。
   B：家を綺麗に（　　　）お客さんを迎えると気持ちいいもんね。

   A：無論什麼時候來都很乾淨呢。
   B：把家裡（整理）乾淨迎接客人心情很好呢。

   ①する　　②して　　③しないで

2. A：何で連絡くれなかったの↗？
   B：携帯を（　　　）出かけたんだよ。

   A：為什麼不聯絡我呢？
   B：因為我（沒有帶）手機就出門了。

   ①持たないで　　②持たなくて　　③持つない　　④持ってない

61

> 答案與解析

答案：一、1. 髪を切ってデートをする。
　　　　2. 歯磨きをしないで朝ご飯を食べる。
　　　　3. レストランを予約して行く。

　　　二、1. ②　2. ①

解析：

1. ①する：する是用來修飾後面的名詞，意思會變很奇怪，迎接把家裡清乾淨的客人，心情很好的意思。

   ②して：保持某某狀態的意思，這裡是保持家裡整潔。是正確解答。

   ③しないで：保持狀態的否定形，保持不乾淨的狀態迎接客人…的意思，語意不合。

2. ①持たないで：保持著沒帶手機的狀態。是正確答案。

   ②持たなくて：這是表達原因，後面要接會造成什麼結果。這裡後面是接出門了，沒帶手機造成出門了的結果…文意不符。

   ③持つない：沒有這種說法，否定形是持たない。

   ④持ってない：不是用て形，沒辦法和後面的句子連接。

> 單字

歯磨きする 動 刷牙

10 〜し〜し 吸吸吸！理由這樣表達最自然

用「〜し〜し」可以把多個理由連接在一起，便宜又好吃～就可以用「〜し〜し」來表達喔。請先看看下面這個情境，你會用哪個選項的說法，想想看。

➡ 朋友問你為什麼總是在這間餐廳吃飯呢？你回答因為便宜又很近啊。

A：どうしてこのレストランでいつも食べてるの⤴？
B：安い____、おいしい____、家から近いから。

　　1. と、と　　　　　　　2. し、し

A：為什麼總是在這間餐廳吃飯呢？
B：因為便宜、好吃，又離家裡很近。

答案：2

🔊 文法說明：

想要表達「多個理由」時，可以用「〜し〜し」的文法。單純只列出一個理由時也可以用，但給人一種，除此之外還有很多其他的理由喔的感覺。表達對「人事物」的評價時使用。因為中文會翻譯成「跟」，所以學生經常會誤用「〜と〜と」來表達。但是「と」是助詞，助詞的前面必須要放「名詞」，例句的「安い」和「おいしい」都是形容詞，後面不能接「と」。

另一個容易混用的用法是「〜て〜て」，用法也一起學一下吧〜

「〜て〜て」的用法

- **連續做很多事：**

学校へ行って、友達と遊んだ。去學校，和朋友一起玩。

- **表達多個特點：**

彼は毎日野菜をたくさん食べて、運動している。
他每天吃很多青菜，還有運動。

- **表達狀態：**

復習をして、テストを受けた。複習之後，才去參加考試。

復習をしないで、テストを受けた。沒有複習，就去參加考試。

- **說明理由（自然發生的事）：**

寝坊をして、約束の時間に遅れた。睡過頭，所以超過約定的時間才到。

※「〜て〜て」沒有對人事物做出評價，只有「〜し〜し」才有做出評價的含意。

單字

寝坊 图 睡過頭

練習：

一、請寫出相對應的日文句子

1. 薪水很高，又很少加班，就決定做這個工作了。

2. 他很帥個性又很好。

3. 很喜歡動畫，也會看漫畫所以正在學日文。

二、請選出（　　　）中最適當的詞語

1. A：どうしてカラオケに行かないの↗？
   B：人前に立つのが苦手（　　　）、人が集まるところも好きじゃないから。

   A：為什麼不去KTV呢？
   B：不習慣在大家面前，也不喜歡人多的地方。

   | ①し | ②だし | ③と | ④て |

2. A：外は暑い（　　　）、給料日前だ（　　　）、今日はお家デートね。
   B：また！？この頃ずっとじゃない↗？

   A：外面好熱，也還沒發薪水，還是在家約會吧。
   B：又來了！？最近是不是一直都這樣啊？

   | ①し、し | ②と、と | ③て、て | ④から、から |

答案與解析

答案：一、1. 給料も高いし、残業も少ないし、この仕事に決めました。

2. 彼はかっこいいし性格もいいです。

3. アニメも好きだし、漫画も見るので日本語を勉強しています。

二、1. ②　2. ①

解析：

1. ①し：（　　）前面的苦手是な形容詞，因此必須先加だ才能和し連接，直接用「し」不正確。

②だし：（　　）前面的苦手是な形容詞，必須先加だ才能和し連接，因此「だし」是正確選項。

③と：「と」是助詞，不會接在形容詞的後面。

2. ①し、し：說明多個理由的時候使用。

②と、と：用法是「名詞＋と」，這裡（　　）前面不是名詞，所以不能用。

③て、て：這邊直接加て的話，文法上是錯誤的，正確的て形連接方式是「外は暑くて、給料日前で、今日はお家デートね」。但是這樣的說法無法表達出理由的語意。

④から、から：雖然也可以用來表達理由，但不會用來表達多個理由，會很不自然。

單字

アニメ 图 動畫　從アニメーション（animation）省略而來

11 て形＋から、た形＋後で
我的說法錯了嗎？

「て形＋から」、「た形＋後で」乍看之下都是做完某事後，再去做某事的說法。但其實背後隱藏的含意有些不同喔。請先看看下面這個情境，你會用哪個選項的說法，想想看。

⮕ 小孩子問可以吃東西嗎？你回答洗完手後再去吃。應該要怎麼說呢？

A：お腹空いた〜〜。これ食べていい↗？
B：手を＿＿＿＿＿食べよう。

　　　1. 洗った後で　　　　　2. 洗ってから

A：肚子餓了〜〜。可以吃東西嗎？
B：洗完手後再去吃。

答案：2

🔍 文法說明：

用「てから」來表示吃東西之前，必須要先完成「洗手」這件事。前面的事情沒有做完就不能繼續做後面的。「てから」有做完前面的事情之後，馬上做後面的事情的意思。表達「洗完手後，就能馬上吃」。

「た後で」是做了前面的事情後，就會發生後面的事情。不是表達必要條件，而是自然而然變成那樣的。「た後で」雖然也有順序的語意，但沒有做完…事之後，「馬上做」…的意思，這中間可能又去做別的事也可以的感覺。

在這裡想表達的是「吃飯之前必須要先洗手」，所以要用「手を洗ってから食べよう」，強調洗完手後再去吃飯哦～。

如果你跟小朋友說「手を洗った後で食べよう」。（洗手之後再來吃飯），小朋友洗完手又跑去玩玩具，然後再來吃飯，那你可不要罵小孩喔。

練習：

一、請寫出相對應的日文句子

1. 寫完名字再回答問題吧。

2. 回家後再說吧。

3. 寫完報告後再睡覺。

二、請選出（　　）中最適當的詞語

1. 複選題

    A：飲み会来られる？

    B：仕事を（　　　　　）行くよ。

    A：能來聚餐嗎？
    B：工作（做完之後）再去喔。

    ①終わらせてから　②終わらせた後で　③終わる　④終わった

2. A：今ちょっといい↗？

    B：ごめん今電車に乗ってて、駅に（　　　　　）電話するよ。

    A：現在有空嗎？
    B：對不起現在正在搭電車，（到站之後再）打電話給你喔。

    ①着く前に　②着いた後で　③着いて　④着いてから

答案與解析

答案：一、1. 名前を書いてから問題を解きましょう。
　　　　2. 帰ってから話そう。
　　　　3. レポートを書いてから寝る。

　　　二、1. ①、②　2. ④

解析：

1. ①終わらせてから：把工作做完是必要的條件，做完後再來聚餐的意思。

　②終わらせた後で：單純表達工作結束後會去聚餐的前後關係，沒有必要條件的語意。①、②都可，只是意思有些許不同。

　③終わる：兩個動詞不能直接接在一起說。

　④終わった：同③。

2. ①着く前に：到車站之前打電話的意思。

　②着いた後で：雖然有表達到車站後再打電話的前後關係，但只是單純的表達時間上的關係而已。在這裡是到站後要馬上聯絡，所以語意上用「てから」比較好。

　③着いて：這個說法只是單純表達兩個連續的動作。

　④着いてから：到車站是必要的條件，到車站後再打電話的意思。是正確答案。

12 たり、たりする　話不用說這麼長，大概就好了！

「たり、たりする」可以用來舉例說明，這其中還有許多事情要做，但是只舉出重要的部份出來說明。請先看看下面的情境，你會用哪個選項的說法，想想看。

➡ 朋友問你在 UNIQLO 打工都在做什麼事。應該要怎麼回答呢？

　A：ユニクロのバイトってどんなことをするの↗！？
　B：服のサイズ確認＿＿＿＿＿、裾直しを＿＿＿＿＿よ。

　　1. する、する　　　　　　2. したり、したりする

　A：在 UNIQLO 的打工都在做什麼事啊？
　B：確認衣服的尺寸，修改袖子的長度之類的啊。

答案：2

➡ 朋友問你週末都做些什麼事來打發時間。你回答看電視、玩手機之類的。

　A：休みの日は何してるの↗？
　B：テレビを見＿＿＿＿、スマホをいじっ＿＿＿＿します。

　　1. ます、ます　　　　　　2. たり、たりします

　A：休息的日子都在做什麼呢？
　B：看看電視、玩玩手機之類的。

答案：2

單字

裾直し　名 改袖長

文法說明：

「たり、たりする」，從很多的事情中，取出比較重要的幾件事來說，不需要全部說出來，只是舉例的說法。第一個情境說明在 UNIQLO 的工作有很多，櫃台收銀，衣服上架…等等；第二個情境則是列舉出休息日時會看電視、玩手機之類的，其他還有很多事情要做，從中舉出幾件事情來介紹時可以用「たり、たりする」。

MEMO

練習：

一、請寫出相對應的日文句子

1. 以前去旅行時總會買伴手禮、泡溫泉等等的。

2. 放假會打電動、看電影等等的。

3. 在電車裡會聽音樂、睡覺等等的。

二、請選出（　　　）中最適當的詞語

1. A：おいしい漬物₁の漬け方を伝授してほしい。
   B：ぬか漬け₂を（　　　）り、（　　　）りするんだ。

   A：想請你教我好吃醬菜的作法。
   B：將米糠醃菜攪拌在一起，然後和它們說話。

   ①混ぜる、話しかける　②混ぜた　話しかけた　③混ぜて、話しかけて

2. A：今日はどうされましたか。
   B：くしゃみ₃が（　　　）、痰が（　　　）して辛いです。

   A：今天怎麼樣呢？
   B：打噴嚏，痰很多之類的很痛苦。

   ①出る、絡まる　②出て、絡まって　③出たり、絡まったり

單字

| 1. 漬物 图 醬菜 | 2. ぬか漬け 图 米糠醃菜 | 3. くしゃみする 動 打噴嚏 |

73

答案與解析

答案：一、1. 旅行でお土産を買ったり、温泉に浸かったりする。
　　　　2. 休日はゲームをしたり、映画を見たりしている。
　　　　3. 電車の中で音楽を聞いたり、寝たりしている。

　　　二、1. ②　2. ③

解析：

1.「た形り、た形り」是舉出幾個例子的用法。

2.「た形り、た形り」是舉出幾個例子的用法。

13 てもいいですか、させてください、させてもらえませんか

我可以去嗎？

「てもいいですか、させてください、させてもらえませんか」三個都是請求對方做某某事，或是詢問對方能不能這麼做時的說法。根據不同的對象，要使用不同的說法才有禮貌喔。請先看看下面這個情境，你會用哪個選項的說法，想想看。

➡ 上課時間問老師能不能去上廁所。應該要怎麼問呢？

A：トイレに＿＿＿＿＿＿＿＿。
B：トイレは休(やす)み時間(じかん)に行(い)きましょうね。

> 1. 行(い)きます。いいですか　　2. 行(い)ってもいいですか

A：我可以去廁所嗎？
B：請休息的時候再去廁所吧。

答案：2

文法說明：

在日文裡，日常生活中的行動，想要取得對方許可的時候，不太會用直接的說法。所以「トイレに行(い)きます。いいですか。」太直接了，在日文裡顯得不太自然。而且前面已經說了「トイレに行きます（要去廁所）」，後面又問「いいですか（可以嗎？）」，好像你已經決定要去廁所了，還刻意詢問的感覺，在日文裡很不自然。

●詢問對方時比較自然的說法：

トイレに行ってもいいですか。　我可以去一下廁所嗎？

トイレに行っていいですか。　我可以去一下廁所嗎？

這樣的說法是比較溫和的詢求同意，有禮貌的詢問對方，是日文裡比較自然的說法。

下面這幾種說法也可以：

(1) させてください：「電話をさせてください」，請對方讓你打電話。

(2) させてもらえませんか：「お手伝いをさせてもらえませんか。」，拜託對方讓你幫忙。

這樣的說法更能表達出禮貌和尊重。特別是在自己的提案或行動前，先取得對方同意的時候使用。

練習：

一、請寫出相對應的日文句子

1. 一定很適合 IG 喔〜，我可以拍照嗎？

   _____

2. 今天的費用能讓我付嗎？

   _____

3. 我的點子一定會是成功的關鍵，請讓我參加這個案子。

   _____

二、請選出（　　　）中最適當的詞語

1. 複選題

   A：少し提案を（　　　　　）。　　　A：（可以提個）小建議嗎？
   B：もちろんです。是非聞きたいです。　B：當然。我也想要聽。

   > ①ください　②もらえませんか　③してもいいですか　④させてください

2. A：少しお手伝いを（　　　　　）。　A：（請讓我）也幫一點忙。
   B：気を使わないでください。　　　　B：請不要在意。
   A：気を使っているわけではありません。私がそう　A：我不是在意。是我自己想做。
   　　したいんです。

   > ①ください　　　　　　　　②しようと思います
   > ③しなければなりません　　④させてください

單字

気を使う　　在意

> 答案與解析

答案：一、1. 絶対インスタ映えするよ〜。この写真撮ってもいい↗？

2. 今日のお代払わせてもらえませんか。

3. 私のアイデアがきっと成功へのカギになるので、このプロジェクトに参加させてください。

二、1. ③、④　2. ④

解析：

1. ①ください：給我建議，直接而且有點強迫的感覺。在這個句子裡這樣說感覺太強硬了。

   ②もらえませんか：有禮貌的請求對方給我建議，這邊是自己要提出建議。

   ③してもいいですか：「可不可以讓我…」的說法。

   ④ください：「可不可以讓我…」的比較禮貌的說法。

2. ①ください：請對方幫忙，在這裡與文意不合。

   ②しようと思います：表達出自己想幫忙，但沒有請求對方同意，在這裡這樣說不夠禮貌。

   ③しなければなりません：這是強迫的說法，不得不幫對方做事的感覺，在這個句子裡不適合。

   ④させてください：要求對方讓自己幫忙，是非常有禮貌的說法。表達自己很積極的想要幫忙的想法。

> 單字

1. インスタ映え　適合IG，インスタInstagram	2. プロジェクト 图 專案

14 ませんか
想要對方 Say Yes，請試著用 No 的方式問！

「ませんか」是用來邀約別人很常用的說法。日本人不太會直接用肯定形來邀約別人，除非確定對方一定會參加。所以用否定形會更有禮貌喔。請先看看下面這個情境，你會用哪個選項的說法，想想看。

➲ 想要邀約同事和自己一起吃飯，內心非常希望同事能答應。應該要怎麼問呢？

A：一緒（いっしょ）にご飯（はん）を＿＿＿＿＿＿。
B：いいですね～是非（ぜひ）。

> 1. 食（た）べますか　　　2. 食（た）べませんか

A：要一起吃飯嗎？
B：好喔～要去。

答案：2

➲ 想要邀請女生一起去看電影，該怎麼邀請比較有禮貌呢？

A：一緒（いっしょ）に映画（えいが）を＿＿＿＿＿＿。
B：そうですね～行（い）きましょう！

> 1. 見（み）に行きますか　　　2. 見（み）に行きませんか

A：要一起去看電影嗎？
B：好啊～一起去吧！

答案：2

79

文法說明：

想邀約對方的時候，如果用「ますか」來問，會讓對方感覺你的態度是「我去不去都可以，你有想要去嗎？」的感覺，好像不是真的想要對方來，只是問對方意見而已，會讓對方感到你很失禮！

真的想要邀約對方的時候，要用「ませんか」來問。「ませんか」是真的想要對方來，傳達你真的想要對方來的心情。如果是邀約朋友的話，則可以用動詞普通形「～しない↗？」來問。

MEMO

練習：

一、請寫出相對應的日文句子

1. 要一起去看電影嗎？

2. 要一起去演唱會嗎？

3. 車站前開了間新店要一起去吃嗎？

二、請選出（　　　）中最適當的詞語

1. 複選題

    A：歌が上手ですね。今度カラオケに（　　　）。

    B：いいですね。

    A：歌唱得很好呢。下次（要一起去／一起去）卡拉 OK（嗎／吧）？
    B：好喔。

    > ①行かない↗　②行きませんか　③行きますか　④行きましょう

2. 複選題

    A：富士山に登ったことある↗？
    B：ないんだよね。じゃ、今度（　　　）？

    A：你有爬過富士山嗎？
    B：沒有呢。那麼，下次（要一起去嗎／一起去吧）？

    > ①行かない↗　②行きませんか　③行きますか　④行こう↗

答案與解析

答案：一、1. 一緒に映画を見に行きませんか。
　　　　2. 一緒にコンサートへ行きませんか。
　　　　3. 駅前に新しいお店ができたから今度食べに行きませんか。
　　　二、1. ②、④　2. ①、④

解析：

1. ①行かない↗：普通形的疑問的說法，會寫成「行かない↗？」，後面會用問號。

　②行きませんか：想要對方來的心情，是有禮貌的邀請的說法。是正確答案。

　③行きますか：不是真的想要邀請，只是問問對方的意見，感覺失禮。

　④行きましょう：是「～吧」的意思。有「對方應該不會拒絕吧」的含意在裡面，已經預設對方會去了，在這裡也可以使用，只是說話者的心態不同。

2. ①行かない↗：普通形的疑問句日文會寫「行かない↗？」。尾音上揚，後面加上問號，這裡題目後面是加？，所以這邊可以用「行かない↗」。

　②行きませんか：有傳達出真的想要對方來的心情，有禮貌的邀約對方。但是後面不需要加「？」。和朋友說話也不需要用禮貌形，上下對話都是用普通形，所以選普通形的答案較佳。

　③行きますか：不是真的想邀約，只是詢問對方的意見，感覺不禮貌。

　④行こう↗：意向形，「～吧」的意思。對方應該不會拒絕吧～，確定對方一定會來的話，就可以這麼說。

單字

コンサート 名 演唱會 concert

第四部分

好像的說法

15 **みたい、らしい** 都是好像,傻傻分不清楚
　　　　... 84
16 **そう、よう** 小心不要說錯了 89
17 **でしょう↗　でしょう↘　でしょう→**
　　　尾音不同意思就不同 93

15 みたい、らしい　都是好像，傻傻分不清楚

「みたい、らしい」都是用來表達「好像」的意思，在一般對話中經常會使用到。但使用「みたい」和「らしい」卻有著微小的差異！請先看看下面這個情境，你會用哪個選項的說法，想想看。

➡ 同事說，聽說山田要辭職到國外工作。你回答，真像山田的作風。應該要怎麼說呢？

A：山田さん仕事辞めて海外で仕事するそうだよ。
B：山田さん_____。

　　1. みたい　　　　　　　　2. らしい

A：聽說山田要辭職到國外工作喔。
B：真像山田會做的事。

答案：2

文法說明：

「みたい」「らしい」都是表達「…的樣子」。但有些微的差異。分別說明如下。

みたい

・狀態、特性、形狀、動作的樣子

この薬はチョコレートみたいな味だ。這個藥很像巧克力口味。

- 推測

ミカちゃんいつも本読んでるね。本が好きみたい。
美嘉總是在讀書呢。好像很喜歡書。

- 例子

ハワイみたいなところに住みたい。
好想住在像夏威夷的地方。

- 聽說

A：クリスマスパーティー誰がくるの↗？
B：たけるがくるみたい。

A：聖誕派對有誰會來？
B：聽說健會來。

らしい

- 傳聞：從別人那聽來，或是從書、社群媒體等地方得到的情報。

土曜日にバーベキューをするらしい。
聽說星期六要烤肉。

單字

バーベキュー 名 烤肉、BBQ

・雙方都對那個人非常了解，指出那個人會做的事情。

A：浦島太郎はいじめられている亀を助けた。
B：浦島太郎らしいね。

A：浦島太郎救了被欺負的烏龜。
B：真像浦島太郎會做的事呢。

・舉出最適合那個物品或人的譬喻。通常是用在好的方面。

A：4月になると暖かくて気持ちいいね。
B：今日は春らしい天気だ。

A：一到4月天氣就變得溫暖很舒服呢。
B：今天的天氣真像春天。

單字

いじめる 動 欺負、虐待

練習：

一、請寫出相對應的日文句子

1. 喜歡有男子氣概的人。

2. 聽說明天會下雨。

3. 很像日本人的說話方式呢。

二、請選出（　　　）中最適當的詞語

1. A：京都に着いた～～ここら辺は京都（　　　）風情あるお店がたくさんあるね。
   B：ほんと素敵なお店がいっぱい。

   A：到京都了～～這附近有很多能展現京都風味的店喔。
   B：真的有很多很棒的店。

   ①みたい　　②よう　　③そう　　④らしい

2. A：優子〜。
   B：また財布なくしちゃって〜。
   A：も〜優子（　　　）な〜。

   A：優子〜
   B：錢包又弄丟了。
   A：真的很優子呢〜。

   ①みたい　　②そう　　③らしい　　④のよう

答案與解析

答案：一、1. 男らしい人が好き。

2. 明日雨が降るらしい。明日雨が降るみたい。（這裡可以用「らしい」也可以用「みたい」）。

3. 日本人らしい話し方だね。

二、1. ④　2. ③

解析：

1. ①よう：和「らしい」一樣都是表達「好像」的意思。已經在京都了，卻說像京都一樣，感覺怪怪的。如果要用よう的話，應該要說「京都のような風情のある店」才對。

②みたい：已經在京都了，卻說像京都一樣，感覺怪怪的。而且要用みたい的話，會說「京都みたいな風情のある店」。

③そう：也是看起來像京都的意思。實際上已經在京都了，所以不會這樣說。

④らしい：即使在京都裡也是最能感受到京都風味的店。

2. ①みたい：很像優子…會對一個行為跟優子很像的人說。

②そう：就像優子一樣的意思，這裡和文意不合。

③らしい：兩個都很了解優子的人在對話，表達最像優子會做的事或是說的話。

④のよう：就像優子一樣的意思，這裡和文意不合。

16 そう、よう 小心不要說錯了

「そう、よう」都是「好像…的樣子」。但你是實際看到，還是看到照片，又或者是聽到時，根據說法不同，意思也會不一樣喔！請先看看下面這個情境，你會用哪個選項的說法，想想看。

➡ 朋友說菜單上的菜看起來好像很好吃。你說，隔壁客人看著他們點的菜露出了一副很好吃的表情。應該要怎麼說呢？

A：このメニュー見て～。おいし_____。
B：隣のお客さん頼んでるね。あのお客さんの顔からしておいしいようだね。

> 1. よう　　　　　　　　2. そう

A：你看這個菜單～。好像很好吃。
B：隔壁的客人點了那道菜呢。從那位客人的表情看來似乎很好吃的樣子。

答案：2

➡ 去蛋糕店，店員介紹櫥窗裡的人氣蛋糕，你應該怎麼回應呢？

A：このケーキ、人気ナンバーワンですよ。
B：そうなんですね、見た目もおいし_____ですね。

> 1. よう　　　　　　　　2. そう

A：這個蛋糕，人氣第一名喔。
B：原來如此，外觀看起來也很好吃呢。

答案：2

89

🔍 文法說明：

「そう」和「よう」都是用來表達「好像…的樣子」，但是用法上有些不同。「おいしそう」，實際看到照片、影片，或是那個食物時，覺得好像很好吃時使用。例如：「このケーキはおいしそうですね」（這個蛋糕好像很好吃的樣子呢）。「おいしいよう」，看到別人做了某件事，感到…時使用。看到別人吃東西吃得很好吃的樣子，推測好像很好吃，可以用「おいしいよう」。不只是從表情來判斷，而是綜合整體的情況來判斷，例如 A 說おいしい，B 也說おいしい，綜合起來推測出應該很好吃，可以用「よう」。

MEMO

練習：

一、請寫出相對應的日文句子

1. 很有精神的樣子呢。（看到她的臉）

2. 好大的行李，好像很辛苦。（看到那個行李）

3. 鈕扣好像快掉了哦。（看到鈕扣）

二、請選出（　　）中最適當的詞語

1. 複選題

    A：ホタテ₁のパスタってどうかな♪？

    B：（　　　）ですよ。隣のお客さんがガツガツ₂食べてるからね。

    A：干貝義大利麵如何啊？
    B：（好像很好吃）喔。隔壁客人大口大口的吃著呢。

    ①おいしいよう　　②おいしそう　　③おいしいそう

2. A：この高級マンション（　　　　）だな～。

    B：あのシャンデリア₃を見てよ。絶対高いよ。

    A：這個高級大樓（好像很貴）呢～。
    B：你看那個吊燈。一定很貴喔。

    ①高いよう　　②高そう　　③高いそう

單字

| 1. ホタテ 名 干貝 | 2. ガツガツ 副 がつがつ　狼吞虎嚥 | 3. シャンデリア 名 吊燈 chandelier |

91

答案與解析

答案：一、1. 元気そうだね。
　　　　2. 大きな荷物で大変そう。
　　　　3. ボタンが落ちそうよ。
　　二、1. ①、②　2. ②

解析：

1. ①おいしいよう：看到別人吃得很開心的樣子，推測食物好像很好吃。

　②おいしそう：直接看到義大利麵的外觀，覺得好像很好吃。

　③おいしいそう：看到某個情報或從別人那裡聽說來的，不是表達「推測」的說法，而是聽來的，聽說的意思。

2. ①高いよう：看別人的樣子而判斷推測出來的結果，這裡已經實際看到大樓了，所以不會這樣說。

　②高そう：實際看到高級的大樓，自己判斷推測出來的結果。

　③高いそう：從別人那裡聽來的。

17 でしょう↗ でしょう↘ でしょう→
尾音不同意思就不同

「でしょう」根據語尾的音調不同，可以了解到說話的人是想要提問，同意你的想法，或是他覺得應該是這樣吧。請先看看下面這個情境，你會用哪個選項的說法，想想看。

➡ 朋友問健君去哪了，你回答，他昨天喝了很多，今天應該不會來吧。應該要怎麼說呢？

A：たける君は↗！？
B：昨日あれだけ飲んでたんだ。来ない＿＿＿＿＿。

　　1. でしょう↗　　　2. でしょう↘　　　3. しょう→

A：健君呢！？
B：昨天喝了很多。應該不會來吧。

答案：1、2、3

文法說明：

「でしょう↗」、「でしょう↘」、「しょう→」三個都是正確的用法，只是意思會有些微不同，分別說明如下。

でしょう↗：語尾上揚的說法，是向對方確認自己的想法時使用。想要獲得對方認同的說法。

でしょう↘：語尾下降的說法是用在「推測」的時候，我猜應該是這樣，但沒有想要獲得對方的認同。用這個說法的時候是很了解那個情況，專家經常會用這樣的說法，相反的平常人比較少會使用。日常生活說話的「推測」會直接說「しょう→」，「自己覺得應該就是那樣子」的說法會比較自然。

でしょう→：語尾沒有上揚或下降的說法是用在自己很確定是這樣子了，但還是和對方確認一下，不過並沒有真的想獲得對方的答案。

練習：

一、請寫出相對應的日文句子

1. 向對方確認自己的想法時：
   ①那間店很好吃對吧。

   ②很有型穿什麼都很適合對吧。

   ③日本四季都很美對吧。

2. 推測應該是這樣子吧：
   ①這個問題考試應該會考吧。

   ②超商應該有賣便當吧。

   ③應該是身體不太舒服吧。

3. 自己覺得應該就是那樣子：
   ①附近應該有超商對吧。

   ②作業又忘了對吧。

   ③那隻手機才剛買對吧。

二、請選出（　　　　）中最適當的詞語

1. A：3時間もバスの中だったらもうくたくた
   　　（　　　　）。（向對方確認）
   B：ほんとだよ〜トイレも漏れそうだったし。

   A：已經搭了3小時的公車（應該很累了吧）。
   B：真的〜而且都快尿出來了。

   | ①でしょう↗ | ②でしょう↘ | ③でしょう→ |

2. A：台湾の学校と日本の学校じゃ全然雰囲気が違うね。
   B：日本の先生は優しい（　　　　）
   　　（向對方確認）。

   A：台灣的學校和日本的學校氣氛完全不一樣呢。
   B：日本的老師比較溫柔（對吧）。

   | ①でしょう↗ | ②でしょう↘ | ③でしょう→ |

3. A：田中すごい顔赤いね〜。
   B：あの人は少し飲むとすぐ赤くなるん
   　　（　　　　）（自己覺得應該就是那樣子）。

   A：田中的臉很紅呢〜
   B：那個人應該是只要喝一點點就會滿臉通紅吧。

   | ①でしょう↗ | ②でしょう↘ | ③でしょう→ |

4. A：最近調子が悪くて。
   B：ストレス（　　　　）（推測應該是這樣）。

   A：最近狀況不是很好。
   B：（應該是）壓力吧。

   | ①でしょう↗ | ②でしょう↘ | ③でしょう→ |

單字

くたくた 副 很累的感覺

5. 複選題

A：山田さんクリスマスはどうしてるのかな↗？

B：恋人がいない彼は暇（　　　）。

A：不知道山田聖誕節在做什麼呢？

B：沒有戀人應該很閒吧。

①でしょう↗　　②でしょう↘　　③でしょう→

6. A：寝癖がやばい。

B：今日寝坊した（　　　）（自己覺得應該就是那樣子）。髪がぼさぼさよ。

A：睡相好可怕。

B：今天應該睡過頭了吧。頭髮亂七八槽的。

①でしょう↗　　②でしょう↘　　③でしょう→

單字

| 1. 寝癖 图 睡相 | 2. ぼさぼさ 副 頭髮凌亂的樣子 |

答案與解析

答案：一、1. 向對方確認自己的想法時：

①あの店はおいしいでしょう↗。

②スタイルがいいから何を着ても似合うでしょう↗。

③日本の四季はきれいでしょう↗。

2. 推測應該是這樣子吧：

①この問題はテストに出るでしょう↘。

②コンビニにお弁当が売られているでしょう↘。

③あまり調子がよくないでしょう↘。

3. 自己覺得應該就是那樣子：

①近くにコンビニがあるでしょう→。

②宿題また忘れたでしょう→。

③その携帯買ったばかりでしょう→。

二、1. ① 2. ① 3. ③ 4. ② 5. ①、②、③ 6. ③

解析：

1~6.

①でしょう↗：向對方確認自己的想法時使用。

②でしょう↘：「推測」的時候，我猜應該是這樣，但沒有想要獲得對方的認同。

③でしょう→：自己很確定是這樣子，但還是和對方確認一下，並沒有真的想獲得對方的答案。

第五部分

句尾跟我這樣說

18 **意向形＋と思っている** 我打算這麼做！ ·· 100

19 **ないでください** 請不要這樣子！ ·················· 103

20 **なければならない、なきゃ**
　　明天不得不加班啊！ ························· 107

21 **なきゃ、なくちゃ、ないと**
　　我真的不回去不行了啦！ ····················· 111

22 **と言った、と言っていた**
　　你有傳達清楚嗎？ ··························· 115

23 **てもらえませんか、てください**
　　哪個說法比較有禮貌呢？ ····················· 119

24 **てしまう、ちゃった**
　　覺得傷心的時候就這麼說吧！ ················· 124

18 意向形＋と思っている　我打算這麼做！

「意向形＋と思っている」，意向形是表達自己的打算時很常會用到的說法，我打算要這麼做。常常會有同學說成「辭書形＋と思います」這樣沒辦法表達出打算這麼做的想法喔。請先看看下面這個情境，你會用哪個選項的說法，想想看。

➡ 朋友問結婚典禮的派對你要穿什麼去呢？你說，我打算穿正式的洋裝去。應該要怎麼說呢？

A：結婚式のパーティーで何着ていくの⤴！？
B：フォーマルな₁ドレス₂で＿＿＿＿＿＿＿。

> 1. 行くと思います　　　　2. 行こうと思っています

A：結婚典禮的派對你要穿什麼去呢？
B：我打算穿正式的洋裝去。

答案：2

文法說明：

「意向形＋と思っている」，表達自己的想法，打算要這麼做。「行こうと思っている」是「打算要去」的意思。如果說「行くと思う」是「還沒有決定，但應該是會去」的意思。

單字

| 1. フォーマルな　な　正式的 | 2. ドレス　名　洋裝 |

練習：

一、請寫出相對應的日文句子

1. 我打算要學韓文。

2. 我打算在超商買安室奈美惠的演唱會門票。

3. 我打算一個人去尋找自我之旅。

二、請選出（　　）中最適當的詞語

1. A：ユーチューバー₁に（　　）と思ってるんだけど。
   B：今流行りのインフルエンサー₂だな。

   A：我打算（當）Youtuber。
   B：現在最流行的網紅阿。

①なる	②なれる	③なった	④なろう

2. A：合コン₃するんだけど一緒にどう↗？
   B：そういうのはもういいよ。マッチングアプリ₄で恋人を（　　）と思ってるから。

   A：有個聯誼，一起去如何？
   B：聯誼就不用了。我打算（用）配對軟體來找情人。

①探す	②探せない	③探そう	④探して

單字

1. ユーチューバー 图 Youtuber
2. インフルエンサー 图 網紅、有影響力的人 influencer
3. 合コン 图 合同コンパニー 聯誼之意
4. マッチングアプリ 图 配對軟體 matching ＋ application

答案與解析

答案：一、1. 韓国語を習おうと思っています。

2. コンビニで安室奈美恵のコンサートチケットを買おうと思っている。

3. 一人で自分探しの旅に出ようと思っている。

二、1. ④　2. ③

解析：

1. ①なる：辭書形，不能用來表達未來的打算。

　②なれる：「ユーチューバーになれると思う」，意思是「可能會變 Youtuber」，和 A 原本想表達的意思不同。

　③なった：過去式，不能用來表達未來的打算。

　④なろう：「意向形＋と思っている」，用來表達自己打算怎麼做時使用。所以是打算當 Youtuber 的意思。

2. ①探す：辭書形，不能用來表達未來的打算。

　②探せない：可能形，不能用來表達未來的打算。

　③探そう：「意向形＋と思っている」，用來表達自己打算怎麼做時使用。打算用配對軟體來找的意思。

　④探して：て形，不能用來表達未來的打算。

19 ないでください 請不要這樣子！

「ないでください」具體的表達出請對方不要這麼做時，經常會用到的句型。請先看看下面的情境，你會用哪個選項的說法，想想看。

➲ 打籃球的時候，請對方不要二次運球。應該要怎麼說呢？

A：ダブルドリブルです。＿＿＿＿＿＿＿＿＿＿。
B：すみません。ルールがまだ分からなくて……。

> 1. 二回ドリブルをする。ダメです
> 2. 二回ドリブルしないでください

A：二次運球違規。請不要運球兩次。
B：對不起。我還不太了解規則……。

答案：2

➲ 學生進教室的時候，穿著髒髒的鞋子直接走了進來，想請他不要穿鞋子進教室，應該怎麼說呢？

A：教室では靴を＿＿＿＿＿＿＿＿＿＿。
B：ごめんなさい。気づきませんでした……。

> 1. 履かなくて ₂ ください　　2. 履かないでください

A：教室裡請不要穿著鞋子。
B：對不起，我沒有注意到……。

答案：2

單字

1. ダブルドリブル 图 二次運球　　2. 履く 動 穿（鞋子）

103

📣 文法說明：

「二回ドリブルをする。ダメです。」這樣的說法不太自然。在這裡使用「動詞否定形 + でください」,「二回ドリブルしないでください」更具體地表達「請不要做…」的意思。透過「ないでください」,明確的指出不能做什麼事。這種說法是命令形,直接且容易理解,比單純的否定更禮貌,適用於各種場合。

MEMO

練習：

一、請寫出相對應的日文句子

1. 在圖書館請不要大聲說話。

2. 坐在博愛座的時候請不要使用手機。

3. 請不要違背約定。

二、請選出（　　　）中最適當的詞語

1. A：会議中に私語を（　　　）ください。
   B：すみません。

   A：（請不要）在會議中說悄悄話。
   B：對不起。

   > ①しないで　②しなくて　③しません　④しない

2. A：作品に（　　　）ください。
   B：分かりました。

   A：（請不要觸摸）作品。
   B：我知道了。

   > ①触れて　②触れないで　③触れなくて　④触れながら

答案與解析

答案：一、1. 図書館では大声で話さないでください。
2. 優先席₁に座る時は携帯電話を使わないでください。
3. 約束を破らない₂でください。

二、1. ①　2. ②

解析：

1. ①しないで：「しないでください」表達「希望不要做…」的意思，一種有禮貌的請求或命令對方的說法。

   ②しなくて：「しなくてください」在文法上是不正確的。「しなくていいです」或「しなくてもいいです」，表示不需要或沒有義務去做某事，才是正確的說法。

   ③しません：沒有「しませんください」這種說法，文法上不正確。

   ④しない：沒有「しないください」這種說法，在文法上不正確。

2. ①触れて：「触れてください」，「請碰觸作品」的意思，在 A 句子中是在請求不要觸碰，語意上不正確。

   ②触れないで：「触れないでください」的意思，「請不要碰觸」，一種禮貌地表達請求或命令的說法。

   ③触れなくて：「触れなくてください」在語法上不正確。應該說「触れなくていいです」或「触れなくてもいいです」，表示不需要觸碰。

   ④触れながら：「一邊摸…的狀態下一邊做某事」的意思，語意不符合。

單字

1. 優先席 图 博愛座	2. 破る 団 違背

20 なければならない、なきゃ
明天不得不加班啊！

「なければならない、なきゃ」不得不這麼做。帶有一定要這麼做，沒有其他選擇的含意在裡面。請先看看下面這個情境，你會用哪個選項的說法，想想看。

➡ 朋友邀請你去看演唱會，你回答他，明天不得不加班……。應該要怎麼說呢？

A：コンサートのチケットを2枚もらっちゃって、一緒に行かない↗？
B：明日＿＿＿＿＿＿＿＿＿＿。

1. 残業をする　　　　　　　2. 残業をしなきゃ

A：我收到兩張演唱會的門票，要一起去嗎？
B：明天不得不加班。

答案：2

文法說明：

B 的回答「明日残業をする（明天要加班）」，如果只是這樣回答的話，不能清楚地傳達出 B 必須加班的原因。可能會讓人誤以為 B 不去演唱會是因為他自己想加班。如果使用「動詞否定形 + なければならない / なきゃ」，可以委婉的表達 B 是不得不加班，不是自願的。

「なければ」「なくちゃ」「なきゃ」都是「なければならない」簡化的說法，「なければならない」「なければいけない」「なくちゃいけない」「なきゃいけない」是比較正式的表達方式，「なければ」「な

107

くちゃ」「なきゃ」是比較口語化的說法。

「なければ」「なくちゃ」「なきゃ」這些簡化的說法可以用來結束句子，但如果你的句子還沒結尾，則需要用完整的說法，例如「なければならない」「なければいけない」「なくちゃいけない」「なきゃいけない」。

範例：

- 起きなくちゃいけないのに、目覚ましを消してしまった。
  明明應該要起床的，卻把鬧鐘關掉了。

- 起きなきゃいけないんです。
  必須要起床。

範例：

- 起きなきゃ。
  我得起床。

- 起きなきゃと思う。
  我覺得應該要起床。（因為「と思う」前面是表達實際的想法，因此可以使用簡略的說法。）

練習：

一、請寫出相對應的日文句子

1. 當我想到應該要吃早餐時，發現冰箱裡只有牛奶。

2. 明明必須準備明天會議的資料，但卻忍不住一直在上網。

3. 我知道我必須要做作業，但就是忍不住很在意這個漫畫的後續發展！

二、請選出（　　　）中最適當的詞語

1. A：（　　　）いけないけど、ソファ₁が私を離してくれないんだ。
   B：そんなわけないだろう。

   A：（明明不得不）去洗衣服，但沙發就是不讓我離開。
   B：哪有那種事。

   ①洗濯しなくちゃ　②洗濯するべき　③洗濯の時間　④洗濯して

2. A：飼い猫の名前決めた↗？
   B：（　　　）んだけど、どれもピンとこない₂んだよね。

   A：貓的名字決定了嗎？
   B：雖然（不得不決定），但是沒有想到適合的。

   ①決めない　②決めなくて　③決めなきゃいけない　④決めないで

單字

1. ソファ 図 沙發　sofa
2. ピンとこない 慣 沒有靈感、無法理解

答案與解析

答案：一、1. 朝ごはんを食べなきゃと思ったら、冷蔵庫には牛乳だけだった。

2. 明日の会議の資料を準備しなくちゃならないのに、ついつい₁ネットサーフィン₂しちゃう。

3. 宿題をやらなきゃいけないってわかってるんだけど、このマンガの続きが気になって仕方がない！

二、1. ①　2. ③

解析：

1. ①洗濯しなくちゃ：是「洗濯をしなければならない（不得不洗衣服）」的意思。這裡指的是，A 應該要洗衣服，但卻離不開沙發。這個說法表達了 A 對洗衣服的義務感和必要性。

②洗濯するべき：後面接「いけないけど」的用法很不自然。意思是正確的，但在口語中用「しなくちゃ」更自然。

③洗濯の時間：後面接「いけないけど」的用法很不自然。

④洗濯して：在這個情境下不適合。這是命令形，說話的人不會對自己使用。

2. ①決めない：是「決めないこと（不打算決定）」。但在這個語境中，B 是打算決定名字，只是沒找到合適的名字，所以不太適合。

②決めなくて：表達「決めないこと（不決定）」所帶來的結果，例如「決めなくて困っている（不決定很困擾）」。這個語境下用起來不自然。

③決めなきゃいけない：是「決めなければならない（不得不決定）」的意思。在這個語境中，B 正要給貓取名字，卻想不到合適的名字。

④決めないで：是命令或請求對方的說法。語境不合適。

單字

1. ついつい 副 不知不覺地	2. ネットサーフィン 名 上網瀏覽 Net-surfing

21 なきゃ、なくちゃ、ないと
我真的不回去不行了啦！

「なきゃ、なくちゃ、ないと」同樣都是表達不得不這麼做的意思，但強調的程度有些微的不同，有些說法還隱含了「義務」的含意喔。請先看看下面這個情境，你會用哪個選項的說法，想想看。

➡ 朋友邀請你繼續續攤，你告訴他必須要回家了！應該要怎麼說呢？

A：二次会（にじかい）いこう！！
B：明日朝早（あしたあさはや）いから＿＿＿＿＿＿。

　　1. 帰（かえ）る　　　　　2. 帰（かえ）らなきゃ

A：我們去續攤吧！！
B：因為明天早上很早，我得回家了。

答案：2

➡ 明天有重要的考試，但你還在看電視，朋友提醒你該去念書了！

A：勉強（べんきょう）しなくてもいいの↗？
B：そうだね。＿＿＿＿＿。

　　1. 勉強（べんきょう）しない　　　　　2. 勉強（べんきょう）しないと

A：你不唸書可以嗎？
B：也是，不讀書不行。

答案：2

111

🔊 文法說明：

日本人在日常會話中經常使用這些表達方式來表達義務或必要性。基本上這些說法表達的意思是相同的。「なきゃ」是「しなければならない」的口語化說法，強調較強的義務感，不得不這麼做，常用於朋友或家人之間的輕鬆對話中。「なくちゃ」與「なきゃ」相似，但語氣更輕鬆一些。「ないと」也是用來強調義務的表達方式。

在上一個「なければならない、なきゃ」單元也有介紹到「なければ」、「なくちゃ」、「なきゃ」這些簡化的說法，忘記的話可以回去複習一下。

MEMO

練習：

一、請寫出相對應的日文句子

1. 為了參加朋友的婚禮，得把西裝拿去送洗。

2. 必須給家裡的貓餵飼料。

3. 因為明天有考試，今天必須認真學習。

二、請選出（　　）中最適當的詞語

1. A：エコ₁のために、マイカップを（　　）と思っているけど……。
   B：分かる。でもついついマイカップを持って行くの忘れちゃうんだよね。

   A：為了環保，覺得（必須要）用自己的杯子但……
   B：我懂。但總是不小心忘記帶自己的杯子對吧。

   ①使わなくちゃ　②使なければなりません　③使わない　④使う

2. A：明日のプレゼン₂資料を（　　）のに、猫がキーボードの上でくつろぎ₃始めたから、作業が全然進まない。

   A：（必須要完成）明天的簡報資料，但是貓咪一直在鍵盤上休息，結果一點進展也沒有。

   ①仕上げる　②仕上げなければなりません　③仕上げよう　④仕上げないといけない

單字

1. エコ 图 節能、環保　2. プレゼン 图 簡報 presentation　3. くつろぐ 動 放鬆、舒適

> 答案與解析

答案：一、1. 友達の結婚式に出席するために、スーツをクリーニングに出さないと。（也可以用 出さなきゃ、出さなくちゃ）

2. ペットの猫に餌をあげなくちゃ。（也可以用 あげなきゃ、あげないと）

3. 明日テストだから、今日こそ本気で勉強しなきゃ。（也可以用 勉強しなくちゃ、勉強しないと）

二、1. ①　2. ④

解析：
1. ①使わなくちゃ：「使わなければならない」的口語的說法，表示「必要性」和「義務」。在這個語意下最合適。

    ②使わなければなりません：雖然也是正確的表達，但在這裡顯得過於正式，與語境不符。

    ③使わない：否定形，句子的意思會變不一樣。

    ④使う：僅僅陳述了「使用」這個事實，並未表達出「必要性」和「義務」。

2. ①仕上げる：只是簡單陳述「完成」這個事實，未能表達出「必要性」和「義務」，和語意不符。

    ②仕上げなければなりません：雖然這個說法是正確的，但在這裡顯得過於正式，不符合口語對話的風格。

    ③仕上げよう：表達意志，而不是強調「義務」和「必要性」，句子的意思會不一樣。

    ④仕上げないといけない：這是「仕上げないと」的完整的說法。表達明天的簡報資料必須要完成的「義務」和「必要性」。

> 單字

クリーニング 名 送洗 cleaning

22 と言った、と言っていた 你有傳達清楚嗎？

「と言った、と言っていた」是用來將別人傳達給你的話，再傳達給別人時，轉達的句型，用錯的話句子就沒辦法好好的表達自己想傳達的意思喔。請先看看下面這個情境，你會用哪個選項的說法，想想看。

➡ 轉達體育老師的話，體育老師說明天體育課要上足球。應該要怎麼說呢？

A：明日の体育って何するの↗？
B：先生が明日体育でサッカーをすると_____。

1. 言った　　　　　2. 言っていた

A：明天體育課要做什麼？
B：老師說明天體育課要上足球。

答案：2

文法說明：

- と言った：用來表示某人說了某句話，陳述一個事實時使用。

例句①：お母さんが困ったなと言いました。
　　　　媽媽說真是困擾啊。

例句②：子供が雨降ってるなら買い物行けないねと言いました。
　　　　孩子說如果下雨了就沒辦法去買東西了呢。

115

例句③：子供が今年の夏休みは旅行に行きたいと言いました。なので今年はハワイに行こうと思います。

孩子說今年暑假想去旅行。所以我打算今年去夏威夷。

例句①②的用法經常在書本中看到。是傳達事實時的說法。

例句③如果在會話中使用的話、「〜と言いました」傳達完事實之後、後面可以再補充說明想表達的話。

- **と言っていた**：則用於傳達別人說過的話，是一種轉述的用法。

例句：先生が明日テストをすると言っていました。

老師說明天要考試。

MEMO

練習：

一、請寫出相對應的日文句子

1. 小孩子們說去買冰淇淋過來。所以我去便利商店了。

   _____

2. 老師說下週有考試（轉述）。

   _____

3. 他說和女朋友在一起的時候最幸福（轉述）。

   _____

二、請選出（　　　）中最適當的詞語

1. A：今日の晩ごはん、何にする↗？
   B：子供たちがピザが食べたい（　　　　　）。

   A：今天晚餐，要吃什麼呢？
   B：孩子們（說）想吃披薩。

   ①と言う　　②と言った　　③と言っていた　　④と言ったそう

2. A：昨日の授業で先生、何か重要なこと言った↗？
   B：先生が来週はテストがある（　　　　　）。

   A：昨天的上課老師，有說什麼重要的事嗎？
   B：老師（說）下週有考試。

   ①と言った　　②と言っていた　　③と言う　　④と言いたい

答案與解析

答案：一、1. 子供たちがアイスクリームを買ってきてと言いました。なのでコンビニに行ってきます。

2. 先生が来週はテストがあると言っていました。

3. 彼は彼女と一緒にいる時が一番幸せだと言っていました。

二、1. ③　2. ②

解析：

1. ①と言う：表示當下的狀態和習慣的動詞。在這個語境中不太自然。

    ②と言った：過去式，用於陳述事實。但不能用來傳達別人說的話。

    ③と言っていた：用來傳達別人說的話的用法。

    ④と言ったそう：用於傳達聽說的事情。用來轉述孩子們說過的話時很不自然。

2. ①と言った：過去式，用於陳述事實。但不能用來傳達別人說的話。

    ②と言っていた：用來傳達別人說的話。

    ③と言う：表示當下的狀態和習慣的動詞，在這個語境中不太自然。

    ④と言いたい：表示某人想說什麼或打算說什麼。這麼說的話，不是轉達老師實際上說過的話的意思。

23 てもらえませんか、てください
哪個說法比較有禮貌呢？

「てもらえませんか、てください」都是請求對方幫忙時會使用到的句型，但你知道怎麼說比較有禮貌嗎？請先看看下面這個情境，你會用哪個選項的說法，想想看。

⮕ 請別人幫你拍照，怎麼說才有禮貌呢？

A：すみません。写真を撮って＿＿＿＿＿＿。
B：はい。ではいきますよ。はいチーズ。

| 1. ください | 2. もらえませんか |

A：不好意思。可以幫我拍照嗎？
B：好。那要拍了喔。笑一個。

答案：2

⮕ 手機弄丟了，請朋友幫忙一起找手機，該怎麼說呢？

A：すみません。携帯をなくしてしまって。一緒に探して＿＿＿＿＿＿。
B：分かりました。詳しい場所を教えてください。

| 1. ください | 2. もらえませんか |

A：不好意思，我的手機不見了。可以幫我一起找嗎？
B：知道了，請告訴我詳細的地點。

答案：2

119

文法說明：

「てください」是用來要求對方做某事的簡單命令形。直接明瞭，在某些情況下可能會顯得有些強硬。通常在對方處於無法拒絕的情境下使用。因為這裡的情境是請不認識的人幫忙拍照，這種說法可能會讓人感到有些不禮貌。

「てもらえませんか」是向對方請求幫忙的表達方式，給人更為禮貌和周到的感覺。適合用於初次見面的人或上司，表達出尊重和禮貌。在第一個情境中，因為是向不認識的人請求幫忙拍照，使用「てもらえませんか」會比較有禮貌。

MEMO

🎧 練習：

一、請寫出相對應的日文句子

1. 不好意思，可以告訴我到車站的路怎麼走嗎？

2. 小朋友們，請寫作業。

3. 不好意思。可以給我看一下菜單嗎？

二、請選出（　　　）中最適當的詞語

1. 複選題

    A：授業はここまで、ではここまでしっかり
    　　（　　　　　）。

    B：わかりました。

    A：課程就上到這裡，那麼到這裡的內容（請務必好好的複習）。
    B：明白了。

①復習してもらえませんか	②復習してほしいです
③復習しましょう	④復習してください。

2. A：課長、すみません。この資料を
    　　（　　　　　）。

    B：分かった。じゃ、これが終わったら確認するよ。

    A：課長，不好意思。這份資料（可以麻煩您確認嗎）。
    B：知道了。等這個結束後我會確認喔。

①確認しましょう	②確認してもらえますか
③確認してください	④確認して

> 答案與解析

答案：一、1. すみません、駅までの道を教えてもらえませんか。

2. 子供たち、宿題をしてください。

3. すみません。メニューを見せてらえませんか。

也可以用「見せてください」（這裡是對店員說話，店員一定會給你看菜單，所以可以用「てください」）

二、1. ③、④　　2. ②

解析：

1. ①復習してもらえませんか：在這個情境下不太適合，因為這是一種請求的說法，而在這裡明確指示對方必須要複習。

②復習してほしいです：雖然這個說法很有禮貌，但這個表現更像是表達自己的期望，指示或要求的語氣會稍弱一點，老師這麼說怎麼會有學生複習呢。因此在結束課程後，直接說「復習してください」會更為恰當。

③復習してください：是直接要求對方複習的說法。在這個情境下，A在結束課程後，直接要求B進行復習，是最簡單又直接的說法。

④復習しましょう：是提議或鼓勵大家要復習。用在對學生提議的情況，也是正確的說法，只是語感上有些微的差別。

2. ①確認しましょう：是提出建議的表達方式，而對上司建議做某事可能會顯得有些不尊重。

②確認してもらえますか：是一個禮貌且恰當的請求的說法，適合用於向上司請求幫忙確認資料的場合。

③確認してください：是直接的請求方式，但對於課長這樣的上司來說，這樣說會顯得稍微強硬。尤其是在對上司提出請求時，應該用更為禮貌的說法。

④確認して：是一個比較隨意的請求方式，不太適合用於正式的商業場合或對上司講話的情境，應該要用更有禮貌的說法才對。

MEMO

24 てしまう、ちゃった
覺得傷心的時候就這麼說吧！

「てしまう、ちゃった」，發生了某件令你難過的事，或是不小心做了錯事，使用這個句型，可以自然而然的表達出傷心、難過的心情。某些情境也隱含了完成某事的含意。請先看看下面這個情境，你會用哪個選項的說法，想想看。

➡ 入門票弄掉了，去跟工作人員說。應該要怎麼說呢？

A：あの、すみません。
B：どうかされましたか。
A：切符を無く_____。

> 1. しました　　　　　2. してしまったんです

A：那個，不好意思。
B：怎麼了嗎？
A：我的票不小心弄丟了。

答案：2

➡ 不小心打翻了朋友剛泡好的咖啡，感到很難過。應該要怎麼說呢？

A：あの、ごめんね。
B：どうしたの↑？
A：コーヒーを、全部こぼ_____。

> 1. した　　　　　　　2. しちゃった

單字

こぼす 動 打翻、溢出

124

A：那個，對不起。
B：怎麼了呢？
A：咖啡，全部打翻了。

答案：2

文法說明：

「無くしました」只是單純的說出「不見了」這件事，並沒有包含任何的「心情」在裡面。「無くしてしまったんです」，使用「てしまった」，除了表達事實之外，還有強調後悔、感到難過的心情。可以把自己有多麼困擾這件事情傳達給對方知道。日本人習慣在一句話裡把自己的心情也一併傳達出去。所以用「てしまった」會更加的自然。

補充說明：句子裡面還用了「んです」的說法。這個「んです」是在說明狀況的時候使用。被問「怎麼了」，回答的時候加上「んです」來傳達目前的狀況，是口語上經常使用的說法。

- 「てしまった」是「てしまう」的過去式

「ちゃった」是「てしまった」的口語的說法，更加輕鬆的場合使用。意思和「てしまいました」幾乎是相同的，但是比較常用在日常會話，或是比較親近的人間的對話。用法有下表三種含意。

用法	含意及例句
1. 表示完成	強調動作已經完全結束了 ①宿題を全部やってしまいました。功課全部都做完了 ②本を全部読んじゃった。書全部都讀完了

2. 後悔和失望	最常見的用法，造成意料之外的不好的結果時使用
	① パスポートを家に忘れてしまいました。 護照放在家忘了帶。
	② 財布を忘れちゃった。錢包忘記了。
3. 意外	表達對意料之外的結果感到驚訝或困擾
	① 彼が急に帰ってきてしまいました。他突然回家了。
	② 雨が降っちゃった。突然下雨了。

MEMO

練習：

一、請寫出相對應的日文句子

1. 貓咪把桌上的杯子弄倒，水全部都流出來了。

2. 新的遊戲明明才剛買，竟然就破關了。

3. 運動會跑步的時候，鞋子掉了。

二、請選出（　　　）中最適當的詞語

1. A：昨日、夜遅くまで起きて何をしていたんですか。
   B：映画を見ていたんだけど、いつの間にか
   （　　　　　）。

   A：昨天，到很晚還醒著在做什麼呢？
   B：昨晚在看電影，但不知不覺（睡著了）。

   ①寝ました　②寝ています　③寝てしまいます　④寝てしまいました

2. A：この間のテスト、どうだった↗？
   B：（　　　　　）、テストに間に合わなかったんだ。

   A：前陣子的考試，結果如何？
   B：（睡過頭），趕不上考試。

   ①寝坊しちゃって　②寝坊する　③寝坊した　④寝坊して

127

答案與解析

答案：一、1. 猫が机の上のコップを倒しちゃって、水が全部こぼれちゃった。
　　　　2. 新しいゲームを買ったばかりなのに、もうクリアしちゃった。
　　　　3. 運動会で走っていた時に、靴が脱げちゃった。

　　　二、1. ④　2. ①

解析：

1. ①寝ました：單純表達「睡了」的意思，沒有包含意料之外的含意在裡面。
　 ②寝ています：現在進行式，「映画を見ていた」是過去式，不能和進行式一起使用，文法上是錯誤的。
　 ③寝てしまいます：必須要用過去式來表達。
　 ④寝てしまいました：強調不小心睡著了，用在說明過去發生的事情。B 想要傳達給 A，本來打算看電影，結果不知不覺睡著了。

2. ①寝坊しちゃって：「寝坊してしまって」的口語話的說法，強調不小心睡過頭了，日常會話經常會用的說法。
　 ②寝坊する：現在式，這裡要用過去式。
　 ③寝坊した：單純說明睡過頭這件事，這樣的說法不太自然。
　 ④寝坊して：て形可以用來連接兩個句子，但沒有把自己的心情強調出來。

128

第六部分

你是用怎樣的心情接受的呢？

25 てくれる
  謝謝媽媽總是做好吃的點心給我吃！ ……… 130

26 てもらう 謝謝你答應我的請求！ …………… 134

27 てあげる 這樣說有點囂張！ ………………… 137

28 てやる 咦！該不會在生氣吧！ ……………… 141

29 使役受身形
  真的很討厭，一直叫我做事！ ……… 147

25 てくれる　謝謝媽媽總是做好吃的點心給我吃！

「てくれる」收到禮物或是別人的幫忙時，用「てくれる」可以很自然的表達感謝之意。請先看看下面這個情境，你會用哪個選項的說法，想想看。

➡ 感謝媽媽總是做好吃的點心。應該要怎麼說呢？

A：お母さんにはいつも感謝しています。
　　いつも美味しいお菓子を＿＿＿＿＿＿。
B：それは素敵ですね。どんなお菓子を作ってくれるんですか。

　　1. 作ります　　　　　　2. 作ってくれます

A：很感謝媽媽。總是會做美味的點心給我吃。
B：那真的很棒呢。都做什麼樣的點心呢？

答案：2

文法說明：

在這種情況下，用「作ります」聽起來像是在指說話者自己做，而且只是陳述一個事實，沒有傳達出感謝的情感。用「作ってくれます」，表達出母親為了 A 而做了點心，傳達非常感謝的心情。

「てくれます」是用來強調某個人（對方或第三者）為說話者做了某件事，說話者非常感謝和獲得了幫助。當我們描述對方或第三者自發性的為自己做了某件事時，就會用「てくれます」這個表達方式。

練習：

一、請寫出相對應的日文句子

1. 昨天朋友來幫我搬家。

2. 買了新電腦後，哥哥說會幫我設定。

3. 同事告訴我路怎麼走。

二、請選出（　　　）中最適當的詞語

1. A：勉強ついていけてる↗？
   B：先生が難しい問題をわかりやすく（　　　）から大丈夫。

   A：能跟上學習的進度嗎？
   B：因為老師把困難的問題（講解得）很清楚，所以沒問題。

   ①説明する　②説明してくれる　③説明した　④説明された

2. A：今日はやけに₁嬉しそうだね。
   B：誕生日に友達がサプライズパーティー₂を（　　　）んだよ。

   A：今天看起來特別高興呢。
   B：生日朋友（為我舉辦了）驚喜派對喔。

   ①開いてくれた　②開かれた　③開いてもらった　④開いてあげた

單字

1. やけに 副 非常

2. サプライズパーティー 名 驚喜派對 surprise party

答案與解析

答案：一、1. 昨日友達が引っ越しの手伝いをしてくれました。
　　　　2. 新しいパソコンを買ったら、兄が設定してくれると言ってくれました。
　　　　3. 同僚が道を教えてくれました。

　　　二、1. ② 　2. ①

解析：

1. ①説明する：用現在式來描述老師解釋困難問題的動作。但是這裡希望強調的是，老師的解釋對說話者有很大的幫助，所以不適合。

　②説明してくれる：這個說法表示「老師為了自己把困難的問題解釋的很簡單」，強調了說話者從中獲得了很大的幫助。這是最符合此上下文的選擇。

　③説明した：過去式，表示老師「已經把困難的問題簡單的解釋了」。但這裡更希望表達的是老師現在或未來的行動，所以使用過去式並不合適。

　④説明された：這是被動形，「被老師解釋了困難的問題」。被動形的用法通常帶有不愉快的語感，在此情境下不自然無法傳達感謝的心情。

2. ①開いてくれた：這個說法是指「朋友為了我舉辦了驚喜派對」。當說話者感受到對方為自己所做的行為，傳達感謝的心情，會用這個說法。包含了對對方行為的感謝之意。

　②開かれた：被動形的說法，表示驚喜派對是由某人舉辦的，但缺少對朋友行為的感謝的心情。

　③開いてもらった：這個說法和「開いてくれた」一樣，也可以用來表達感謝的心情，但更強調「我請朋友為我開了派對」。在自然的日語對話中，「友達が開いてくれた」更為常用。如果想使用「もらった」，可以說「友達に

開いてもらった（朋友為我開了派對）」才對。

④開いてあげた：這個說法是指朋友為別人（不是自己）開了驚喜派對。在這裡是表達朋友為自己開了派對，因此不合適。

MEMO

26 てもらう 謝謝你答應我的請求！

「てもらう」和「てくれる」一樣，都是表達感謝之意。但不同的是「てもらう」隱含了自己拜託對方幫忙，而對方幫忙了的感謝之意。請先看看下面這個情境，你會用哪個選項的說法，想想看。

➡ 平常學校功課不懂，都是請媽媽教我的。應該要怎麼說呢？

A：いつも学校の勉強が分からなかったら＿＿＿＿＿＿。
B：お母さんは勉強も得意なんだね。

> 1. お母さんが教える　　　　2. お母さんに教えてもらう

A：每當我學校的課業不懂時都是請媽媽教我的。
B：媽媽連學習都很拿手呢。

答案：2

🔍 文法說明：

「教える」，這是表示主語進行教導的這個行為。陳述事實的說法，但不包含感謝的情感在裡面。「教えてもらう」，這是表示主語（A）請求他人（媽媽）幫忙，且其中包含了對對方幫忙的感謝之意。

日本人在日常對話中，往往會透過一個詞語來傳達自己的心情。如果只用單純的陳述事實來表達，會感到很不自然。「てもらう」的用法，是當主語請求對方幫助，對方幫忙後，表達感謝的說法。相反的「てくれる」，則是表示對方主動幫助你，並且也帶有感謝之意的說法。

練習：

一、請寫出相對應的日文句子

1. 請朋友幫忙搬家。

2. 請老師幫我檢查作業。

3. 請不認識的人告訴我路。

二、請選出（　　　）中最適當的詞語

1. A：私すぐ変な男に捕まっちゃうの。だから親友に恋愛のアドバイス₁（　　　　）のよ。次は絶対結婚までこぎつけ₂ちゃうから。
   B：すごい意気込み₃だね！！その調子だといけそうね。

   A：我總是被奇怪的男人纏上。所以請我最好的朋友（給我）戀愛的建議。這次我一定會走到結婚那一步。
   B：真有幹勁呢！！照這種狀況來看應該能成功呢。

   ①してくれた　②してもらった　③された　④した

2. 複選題
   A：俺って幸せ者だ。上司がいつも気にかけてくれててさ。
   B：いい上司を持ったんだね。
   A：毎回資料をチェック（　　　　）。

   A：我真是個幸福的人啊。上司總是很關心我。
   B：你有個好上司呢。
   A：每次都會（幫我）檢查資料。

   ①してもらっている　②してくれている　③されている　④している

單字

| 1. アドバイス 图 建議 | 2. こぎつく 動 抵達某處 | 3. 意気込み 图 幹勁 |

答案與解析

答案：一、1. 友達に引っ越しを手伝ってもらう。
　　　　2. 先生に宿題をチェックしてもらう。
　　　　3. 知らない人に道を教えてもらう。

　　　二、1. ②　2. ①、②

解析：

1. ①してくれた：用來表示對方自發性的為自己做了某事並表示感謝，意思上是正確的，但通常用在「好朋友主動給予戀愛建議」的情況下。而且用「してくれた」的時候，應該要說「親友が～してくれた」才對。

   ②してもらった：用來表達拜託對方後，對方為自己做了某事，且包含感謝的心情在裡面，因此是最適合的選擇。

   ③された：文法上是正確的，但受身形通常是用來表達對某行為感到不開心的心情。在這裡是要表達對好朋友的感謝，因此不合適。

   ④した：表示「我」是給予建議的人。然而在此語境中，「我」是接受建議的的人才對，因此不合適。

2. ①してもらっている：表示「我」請求上司幫忙檢查資料，並且對上司有感激的心情。這是最合適的選項。

   ②してくれている：表示即使「我」沒有要求，上司也會主動幫忙檢查資料，同樣傳達了對上司的感激，也是適合的選項。

   ③されている：被動形，通常用來表示對他人的行為感到不愉快。這個說法會給人「被強迫檢查資料」的不悅感，所以不合適，這裡要強調的是對上司的感謝。

   ④している：表示「我」是檢查資料的人，但在這段話中，「我」是接受檢查的人，所以不合適。

27 てあげる 這樣說有點囂張！

「てあげる」是幫對方做某事，或給對方東西時會用的句型。但帶有自己為對方做這件事，對方應該要感到開心的語意在裡面，用錯的話會有點不禮貌。請先看看下面這個情境，你會用哪個選項的說法，想想看。

↪ 去旅行的時候，買了伴手禮給社長。應該要怎麼說呢？

A：旅行に行った時に、社長にお土産を＿＿＿＿＿＿。
B：きっと喜ぶと思います。

> 1. 買ってあげました　　　2. 買いました

A：我去旅行的時候，買了社長的伴手禮。
B：我想他一定會很高興。

答案：2

↪ 很要好的朋友剛搬家，家裡很亂。你想幫忙整理。應該要怎麼說呢？

A：部屋の片づけ、大変だね、手伝＿＿＿＿＿＿よ。
B：すごい助かる。

> 1. いする　　　　　　　　2. ってあげる

A：整理房間很辛苦，我來幫忙吧。
B：真是幫大忙了。

答案：2

文法說明：

「社長にお土産を買ってあげました」這種說法，聽起來有些高傲的感覺。因為「てあげる」這個說法暗示著，自己所做的事情理所當然讓對方感到高興，有點厚臉皮的感覺。隱含著社長因為收到伴手禮理所當然感到很高興，會被認為是有點失禮的說法。

「てあげる」這種說法不太適合用於對長輩，通常用在被別人拜託時，自己幫忙做了某件事，或是對地位相同或低於自己的人時使用。例如，「子供にお土産を買ってあげました（給孩子買了伴手禮）」這樣的表達就很適合。

MEMO

練習：

一、請寫出相對應的日文句子

1. 我幫鄰居修理了自行車。

2. 朋友的生日我買了禮物給他。

3. 我把上課的筆記借給了朋友。

二、請選出（　　　）中最適當的詞語

1. A：奥さんが風邪ひいてるとき、奥さんの晩ご飯を
   （　　　　　　　　）。
   B：それは奥さん喜んだでしょう。

   A：太太感冒的時候，我（做了）她的晚餐。
   B：那太太一定很高興吧。

   ①作ってくれた　②作ってあげた　③作ってもらった　④作ってしまった

2. 複選題
   A：彼に告白するなんて恥ずかしいよ。ついて来てよ。お願い！
   B：分かったよ。ついて（　　　　　　　　）よ。

   A：要跟他告白很害羞呢。跟我來啦。拜託！
   B：知道了啦。跟你（去就是了）。

   ①行ってもらう　②行ってあげる　③行ってもいい

139

答案與解析

答案：一、1. 隣人の自転車の修理を手伝ってあげた。
　　　　2. 友達の誕生日にプレゼントを買ってあげた。
　　　　3. 友達に授業のノートを貸してあげた。

　　　二、1. ②　2. ②、③

解析：

1. ①作ってくれた：「くれる」是描述自己受到別人的幫助時使用。在這個句子中，說話者為太太準備了晚餐，所以「作ってくれた」是不合適的。

　②作ってあげた：「あげる」是為別人提供幫助時使用。在這個句子中，說話者為太太準備了晚餐，是最合適的答案。

　③作ってもらった：「もらう」是接受來自他人的幫助時使用。在這個句子中，會變成說話者接受太太為他準備的晚餐的意思，與文意不符。

　④作ってしまった：「しまう」是強調意外的結果。在這個句子中，說話者是有意識的為太太準備晚餐的，並不是意外，因此也不適合。

2. ①行ってもらう：是接受來自他人的幫助時使用。在這個句子中，B陪同A一起去，A沒有從B那裡得任何幫助，因此不適合。

　②行ってあげる：「あげる」是對他人提供恩惠時使用。在這個句子中，A請求B「跟我一起來」，B願意陪同A一起去，所以是最合適的答案。

　③行ってもいい：這個說法表示可以一起去，但對A的「請求」來說，顯得有些冷漠，給人一種不太想去但不得不去的感覺，也算是正確答案。

28 てやる
咦！該不會在生氣吧！

「てやる」也是要替某人做某事時的說法。但通常只會對晚輩說，有時候也會用來表達自己憤怒的心情，要小心使用。請先看看下面這個情境，你會用哪個選項的說法，想想看。

➡ 被碎念到生氣要離家出走！應該要怎麼說呢？

A：がみがみがみがみ₁。
B：もー、むかつく₂！！家出（いえで）して＿＿＿＿＿＿。

| 1. あげる | 2. やる |

A：嘮叨嘮叨嘮叨嘮叨。
B：吼，煩死了！！我要離家出走。

答案：2

單字

1. がみがみ 副 嘮叨、抱怨
2. むかつく 動 生氣

➡️ 弟弟一直吵著要你幫他寫功課，你感到很煩，決定趕快幫他寫一寫。該怎麼說呢？

A：もう、うるさいな。やって＿＿＿＿＿よ。しょうがないな。
B：ありがとう。

| 1. あげる | 2. やる |

A：吼，好吵喔。幫你做啦。真是拿你沒辦法。
B：謝謝。

答案：2

🗨️ 文法說明：

「してあげる」表達對他人做某種有善意的行為。說「家出（いえで）してあげる」（我要為你離家出走），是 B 將離家出走當作對 A 的恩惠來表達，這聽起來很不自然。「してやる」是用來對地位較低的人說的表達方式。一般來說，對長輩使用會被認為很沒禮貌，不建議使用。有一個常見的使用情況，就是在憤怒的時候，當你對對方感到憤怒並表示將做出不好的行為時，可以用這個表達方式。

「してやる」帶有威脅的含意，意思是「我會做出讓你不愉快的事情」。在這種情況下，當 B 對 A 感到憤怒並決定離家出走時，說「家出（いえで）してやる」是比較自然的表達方式。

• 其他常見「てやる」的使用方式：

1. 表達憤怒或對抗心的情況

例句：お前（まえ）がそんな態度（たいど）なら、先生（せんせい）に全部（ぜんぶ）言（い）ってやるからな！
如果你態度這麼差的話，我就全部告訴老師！

2. <u>強調意志或決心的情況</u>

　　例句：絶対に合格してやるぞ！一定要合格！

3. <u>盡全力的挑戰和達成目標</u>

　　例句：このプロジェクト、成功させてやる！
　　　　　這個專案，一定要讓它成功！

4. <u>含有感謝之情的行為（通常用於朋友之間或對年紀比自己小的人，在比較隨意的場合）</u>

　　例句：そんなに困ってるなら、手伝ってやるよ！
　　　　　這麼困擾的話，讓我來幫你吧！

使用「てやる」可以強調情感或意志的程度。

• てやる與其他類似文法的比較：

<u>てあげる</u>：出自自己的好意為對方做某件事

基於對朋友的好意

例句：友達に本を貸してあげる。借書給朋友。

<u>てくれる</u>：有人為了我做了令人感激的事，對此感到感謝。

朋友對自己的好意

例句：友達が本を貸してくれる。朋友借書給我。

てやる：強調情感或意志的表達方式

①基於好意，對晚輩或平輩做某件事

例句：弟に本を貸してやる。借書給弟弟。

②帶著強烈的意志或憤怒，和對方說話

例句：あいつに言いたいことを言ってやる。
　　　我要對那傢伙說出我想說的話。

③出於憤怒，宣告要做對方不喜歡的事

例：もう知らない。無視してやる。不管了！我要無視他。

MEMO

練習：

一、請寫出相對應的日文句子

1. 下一次一定要贏給你看。

2. 受到這樣的對待的話，我就要去投訴。

3. 故意考 0 分給你看。

二、請選出（　　　）中最適當的詞語

1. 複選題

   A：あいつ、絶対に許さない！いつか
   　　（　　　　　）。
   B：こわいな〜。

   A：那傢伙，絕對不原諒他！
   　　總有一天要他（加倍奉還）。
   B：好可怕啊〜。

   ①仕返ししてあげる　②仕返しする　③仕返ししてやる　④仕返ししてくれる

2. 複數題

   A：ちょっと宿題手伝ってくれない↗？
   B：それくらい自分でやってよ。
   A：そんなに嫌なら、自分で全部（　　　　　）。

   A：可以幫我一下作業嗎？
   B：這種事情自己做吧。
   A：那麼討厭的話，我就全部
   　　（自己做給你看）。

   ①やってやる　②やる　③やってあげる　④やってくれる

單字

仕返し 图 報復

145

答案與解析

答案：一、1. 次は絶対に勝ってやる。
　　　　2. こんな対応されるなら、クレームを入れてやる。
　　　　3. 0点取ってやる。
　　二、1. ②、③　2. ①、②

解析：
1. ①仕返ししてあげる：「あげる」通常用來表達善意，用於復仇顯得很不自然，在這個情境中不適合。
　②仕返しする：簡單明瞭的表達方式，但使用「やる」會更能強調決心和情緒。
　③仕返ししてやる：表達出帶有強烈意志和憤怒的報復行動。在這個情境中，A對「那傢伙」懷有強烈的怒氣，因此這個選項是最適合的。
　④仕返ししてくれる：「くれる」表示他人為自己做某事，而這裡A想表達的是要報復，因此這個選項也不適合。

2. ①やってやる：帶有強烈意志或怒氣親自去做某事。在此情境中，A對B感到有些不滿，決心自己完成作業，因此這是最適合的選項。
　②やる：雖然也能傳達意思，但無法充分表達出怒氣或強烈的意志。在這裡，為了強調情感，「やってやる」會更加適合。
　③やってあげる：表達出善意的行為，因此在這個情境中不適合。A對B有些挫折感，這時表達善意的語氣不合適。
　④やってくれる：表示他人為自己做某事，但這裡A強調的是自己要做作業，因此這個選項不正確。

單字

クレーム 图 抱怨 claim

29 使役受身形　真的很討厭，一直叫我做事！

被叫去做某件事、被強迫做了某事時，會用「使役受身形」來表達不是自願想做這件事，而是被叫去做的，隱含了討厭的心情在裡面。請先看看下面這個情境，你會用哪個選項的說法，想想看。

➡ 被強迫推銷了很多東西，感到很困擾。應該要怎麼說呢？

A：お買い上げありがとうございます。ずいぶん買いましたね。
B：たくさん＿＿＿＿＿＿。困っちゃったよ。

| 1.買ったんです | 2.買わされちゃって |

A：感謝您的購買。買了很多東西呢。
B：被強迫買了好多。好困擾喔。

答案：2

文法說明：

對日本人來說，使役受身形有「被強迫」和「被做了討厭的事」等負面的情緒在裡面。所以用使役受身形的時候，代表其實不想這麼做，或是感到困擾的心情。強調不是自己想這麼做，而是被強迫所以才做的，會用使役受身形。

單字

買い上げる 🔁 購買

147

補充説明：

使役受身形的變化（動詞使役形 + られる）

第一段動詞：

飲む→飲ませられる（被強迫喝）

　　　飲まされる（せら＝さ）OK

第二段動詞：

食べる→食べさせられる（被強迫吃）

　　　　食べさされる（不能連續さ）×

第三段動詞：

する→させられる

くる→こさせられる

～～～～～～～～～～～～～～～～～～～～～～～～～～～

練習：

一、請寫出相對應的日文句子

1. 每天被教練叫去健身，肌肉酸痛。

2. 被朋友強迫在卡啦 OK 唱歌，好丟臉。

3. 被體育老師叫去跑步，好累。

二、請選出（　　　　）中最適當的詞語

1. A：昨日のトレーニングはきつかったね。
   B：本当に。コーチに全力で走り込みを
   （　　　　　　　）。

   A：昨天的訓練很累呢。
   B：真的。被教練叫去全力衝刺。

   ①された　②させた　③した　④させられた

2. A：昨日のイベントはどうだった↗？
   B：友達に変な衣装を（　　　　　　　）。

   A：昨天的活動如何？
   B：被朋友強迫穿奇怪的衣服。

   ①着られた　②着させられた　③着させた　④着さされた

單字

走り込み 图 持續跑步

答案與解析

答案：一、1. コーチに毎日筋トレ₁をさせられて、筋肉痛になった。
　　　　2. 友達に無理やりカラオケで歌わされて、恥ずかしかった。
　　　　3. 体育の先生に走らされて、くたくた₂になった。
　　　二、1. ④　2. ②

解析：

1. ①された：這個是受身形，也就是被動形。被做了某某事，而不是被叫去做某某事，所以不能用。

　　②させた：這個是使役形，沒有表達出被強迫的心情。

　　③した：沒有這樣的說法。

　　④させられた：表達被教練強迫叫去全力衝刺的心情。

2. ①着られた：受身形，被怎麼怎麼樣，而不是被叫去做某某事。

　　②着させられた：使役受身形，表達被朋友強迫。

　　③着させた：使役形，沒有被強迫的意思在裡面。

　　④着ささされた：沒有這樣的說法。

單字

1. 筋トレ　鍛鍊肌肉，筋力トレーニング 的略稱	2. くたくた　圖 疲累的樣子

150

第七部分

是你想要還是他想要

30 **てほしい** 拜託你幫幫我吧！ 152
31 **がる** 是別人覺得可怕，不是你覺得可怕吧！
.... 155

30 てほしい 拜託你幫幫我吧！

「てほしい」希望對方幫忙做某件事情，表達出自己的願望和請求時，就可以使用這個句型。請先看看下面這個情境，你會用哪個選項的說法，想想看。

↪ 遇到漂亮的女生，好想跟她要電話哦。應該要怎麼說呢？

A：電話番号を＿＿＿＿＿＿＿。
　　　でんわばんごう

B：いいですよ……。

> 1. 教える。ほしいです　　　2. 教えてほしいです
>   おし　　　　　　　　　　　おし

A：可以告訴我電話號碼嗎？
B：可以啊……。

答案：2

📣 文法說明：

「電場番号を教える。ほしいです。」分成兩個獨立的句子，給人說話不自然的感覺。而且「ほしい」這個詞一般是用來表達想要某個「物品」的意思。「教えてほしい」這個說法，能夠更加明確的傳達請求或願望，「てほしい」是用來向他人表達自己的願望或請求時使用的說法。

練習：

一、請寫出相對應的日文句子

1. 希望媽媽幫我打掃房間。

2. 希望老師告訴我作業的答案。

3. 希望朋友和我一起去旅行。

二、請選出（　　　）中最適當的詞語

1. A：授業ノートを（　　　）んだけど、いいかな↗？

   B：また↗？最後だからね。

   A：（希望你可以）借我上課的筆記，可以嗎？
   B：又來了？最後一次了喔。

   ①貸してくれる　②貸してもらう　③貸してほしい　④貸すほしい

2. 複選題

   A：すみません。ちょっと道を（　　　）。

   B：いいですよ。どこに行きたいんですか。

   A：不好意思。（可以告訴）我路嗎？
   B：可以啊。你想去哪裡？

   ①教えてあげますか　　　　②教えてほしいです
   ③教えてもらえませんか　　④教えていいですか

答案與解析

答案：一、1. お母さんに部屋を掃除してほしいです。
　　　　 2. 先生に宿題の答えを教えてほしいです。
　　　　 3. 友達に一緒に旅行に行ってほしいです。
　　二、1. ③　2. ②、③

解析：

1. ①貸してくれる：這是直接詢問對方是否會借出筆記的表達，但句子最後又加上「んだけど、いいかな⤴？」，因此不會這樣說。

②貸してもらう：這通常用於已經確定會借或是過去已經發生的事情，不適合用來表達請求。

③貸してほしい：這個表達方式適合用來向對方傳達請求或願望，是最合適的選擇。

④貸すほしい：這在文法上是錯誤的，正確的表達應該是「貸してほしい」。

2. ①教えてあげますか：詢問對方是否可以為自己做某件事，暗示對方要為自己行動。在請求對方時不太自然，且聽起來有點高傲，需要小心使用。

②教えてほしいです：用於向對方提出要求，請求對方告訴自己的說法。

③教えてもらえませんか：有禮貌的請求的說法，準確傳達了希望對方告訴自己路的意思。是最合適的答案。

④教えていいですか：詢問自己是否可以做某件事，對於請求對方告訴自己路怎麼走的情境並不適合。

31 がる

是別人覺得可怕，不是你覺得可怕吧！

「がる」可以用來表達別人的想法，而不是自己的想法。這是同學經常會忽略的小地方，表達他人的想法時，記得要用「がる」喔。請先看看下面這個情境，你會用哪個選項的說法，想想看。

⮕ 表達小孩很怕爸爸。應該要怎麼說呢？

A：ご主人は子供にどうですか。怒ったりしますか。
B：子供はお父さんを＿＿＿＿＿＿＿＿＿＿。

　　1. 怖いと思います　　　　2. 怖がっています

A：您先生對孩子如何呢？會對他們發脾氣嗎？
B：孩子都很怕爸爸。

答案：2

🔊 文法說明：

「がる」這個表達方式是客觀的表達第三者的情感或狀態時使用。通常附加在形容詞或表達情感的動詞的語幹上。表達他人的情感或感覺，而非自己的情感。相比之下，「思う」則是表達自己的主觀的想法或感受。當 B 站在孩子的立場上說「思う」時，對日本人來說，是一種很不自然的說法。

例句：子供がお化けを怖がっている。小孩很怕鬼怪。

※「怖い」→「怖がる」

例句2：彼は新しいゲームを欲しがっている。他想要新的遊戲

※「ほしい」→「ほしがる」

MEMO

練習：

一、請寫出相對應的日文句子

1. 她一直想要新的手機，打算買來送給她當作禮物。

2. 他被稱讚後感到有點害羞。

3. 孩子們對聖誕老人的禮物感到高興。

二、請選出（　　）中最適當的詞語

1. A：今年のハロウィーン₁楽しめた↗？

   B：うん、とても。小さい子供たちが、お化け₂の仮装₃を見て（　　）よ。僕も（　　）よ。

   A：今年的萬聖節好玩嗎？
   B：嗯，非常好玩。小朋友們看到鬼怪的裝扮（很害怕）喔。我也（很害怕）。

   ① 怖がっていた、怖がっていた　　② 怖がっていた、怖かった
   ③ 怖かった、怖かった　　　　　　④ 怖かった、怖がっていた

2. A：ガンガン₄、ゴンゴン₅。

   B：おもちゃが（　　）よ。

   A：砰砰、碰碰。
   B：玩具（很痛）喔。

   ① 痛い　　② 痛かった　　③ 痛くている　　④ 痛がっている

單字

1. ハロウィーン 名 萬聖節 Halloween
2. お化け 名 鬼怪
3. 仮装 名 化妝、裝扮
4. ガンガン 副 發出很大的聲響
5. ゴンゴン 副 碰到堅硬的物體而發出的聲音

答案與解析

答案：一、1. 彼女はずっと新しいスマホを欲しがっているので、プレゼントに買ってあげるつもりです。
2. 彼は褒められて少し恥ずかしがっていました。
3. サンタのプレゼントに子供たちは嬉しがっていました。

二、1. ②　2. ④

解析：
1. ①怖がっていた、怖がっていた：前面的「怖がっていた」用於表達小朋友們的情感是適當的。但是後面使用「怖がっていた」會使自己情感的表達變得客觀，很不自然。表達自己情感時使用「怖かった」才是正確的。
②怖がっていた、怖かった：前面的「怖がっていた」是客觀表達他人（小朋友們）的情感。後面的「怖かった」是主觀表達自己的情感，是最自然的組合。
③怖かった、怖かった：用「怖かった」來表達小朋友們的情感是很不自然。
④怖かった、怖がっていた：如上所述，兩個選項剛好相反了。
2. ①痛い：指的是說話者B很痛。而擬人化的第三者「玩具」很痛，應該要用「痛がる」。
②痛かった：過去很痛，但這裡是在描述目前的情況，所以不適合。
③痛くている：在文法上是錯誤的，不是正確的說法。
④痛がっている：在這裡是擬人化的表達方式，將玩具譬喻成「人」。描述他人實際上感受到很痛。是最自然說法。

第八部分

還有這些也不要搞錯喔

32 **っきり、だけ** 一個人很寂寞嗎？ ………… 160

33 **っけ** 雖然我知道，但想再確認一次！ …… 163

34 **わけ** 原來是這樣，所以才這麼厲害！ …… 167

35 **おかげ、せい** 這都是託你的福啦 …………… 171

36 **名詞＋ばかり、て形＋ばかり**
　　什麼！這間店全都是男人！ ………………… 175

32 っきり、だけ 一個人很寂寞嗎？

「っきり、だけ」都是表達「只有」的意思。但用法有些許的不同，而且只有「っきり」這個說法有隱含感到寂寞、孤獨的語意。請先看看下面這個情境，你會用哪個選項的說法，想想看。

➡ 朋友問假日有要和家人出遊嗎？你回答，要一個人去北海道出差，很寂寞。應該要怎麼說呢？

A：連休は家族とどこか出かけるの↗！？
B：＿＿＿＿＿で北海道に出張なんだ。寂しすぎるよ。

1. 一人だけ　　　　　　2. 一人っきり

A：連假要和家人去哪裡玩嗎？
B：我要單獨一人去北海道出差。實在太寂寞了。

答案：2

文法說明：

「っきり」強調切斷與他人的連結的感覺，根據情況有時候也會包含安靜地做某事，或寂寞地做某事的意思。「一人だけで北海道に出張なんだ」強調的是獨自一人去北海道出差，但沒有特別強調孤獨感或寂寞。「一人っきりで北海道に出張なんだ」則強調孤獨感和與他人斷了連結的感覺。這個表達更加突顯了獨自行動，排除了與他人互動的意思。這裡提到「寂しい」，所以使用「っきり」可以更好地傳達一個人寂寞的感覺。

練習：

一、請寫出相對應的日文句子

1. 他打算只送禮物給女朋友。

2. 孩子們對獨自一人學習感到很困難。

3. 半夜，我喜歡獨自一人遙望星空。

二、請選出（　　）中最適當的詞語

1. A：休日は一人（　　）で映画館で映画を見るのが癒しだよ。
   B：それは最高の贅沢だな。

   A：假日（獨自）一人去電影院看電影很療癒。
   B：那真的是最大的享受啊。

   | ①っきり | ②だけ | ③しか | ④一人 |

2. A：このコースは上級者（　　）が受けられる。
   B：じゃ俺みたいな初心者には無理ってことだな。

   A：這個課程（只有）進階者能參加。
   B：那像我這樣的初學者就不行了。

   | ①っきり | ②だけ | ③しか | ④一人 |

答案與解析

答案：一、1. 彼は彼女だけにプレゼントを贈るつもりだ。

2. 子供たちは一人っきりで勉強することが苦手だと感じている。

3. 夜中、一人っきりで星空を眺めるのが好きだ。

二、1. ①　2. ②

解析：

1. ①っきり：「一人っきり」的意思是「誰都不在，只有自己一個人」，強調沒有其他人陪伴。在這個語境下，「一人っきり」最為自然，並且符合強調一個人獨處，很享受一個人的意思。

②だけ：「沒有其他的，沒有其他人在」的意思，想要表達一個人享受這個狀態的話用「っきり」會比較自然。

③しか：通常與否定形一起使用，表示「除了～之外沒有其他人」的意思。但「一人しかで」是不正確的語法。

④一人：意思是「一個人」，在這裡意思不正確。

2. ①っきり：是強調「完全處於那種狀態」的說法。「上級者っきりが受けられる」這種說法語法上不自然。

②だけ：「只有」的意思，在這裡表達「只有進階者可以參加」，是最自然和合適的說法。

③しか：通常與否定形一起使用，例如「上級者しか受けられない」，但選項後面沒有包含否定形，「しか」單獨使用文法上不正確。

④一人：表示「一個人」，在這裡語意不合。

33 っけ 雖然我知道，但想再確認一次！

「っけ」是一個很口語的說法。和朋友、同學對話時，想確認是這樣對嗎？的時候，就可以使用喔。請先看看下面這個情境，你會用哪個選項的說法，想想看。

➡ 和同學確認，明天是不是要考試呢？這時候應該要怎麼問呢？

A：明日　　　　　　？
B：そうだった。忘れるところだった。

| 1. テスト↗ | 2. テストだっけ↗ |

A：明天是有考試嗎？
B：對吼。差點就忘記了。

答案：2

🔍 文法說明：

「明日テスト↗？」，這句話只是單純的提問，完全不確定明天是否有考試，對這個資訊完全不知道。「明日テストだっけ↗？」，這句話則帶有自己記得好像有這回事，但不確定，因此向對方再確認一次。

「っけ」，這個語尾助詞用於說話者試圖回想某些事情，或是想要確認某些資訊。當對某些資訊記憶模糊、不太確定時，使用「っけ」可以表達出詢問對方、再次確認的語氣。

- 普通形＋っけ：用於回憶過去的事情和事實，帶有「曾經聽過但忘記了」的語氣。

例句：彼の名前は何だっけ↗？
　　　他的名字是什麼呢？

- 「でした」「ました」＋っけ：也可以用禮貌形

例句：会議は何時からでしたっけ↗？
　　　會議是幾點開始呢？

- 「だっけ」：在「だ」後面加上「っけ」

例句：あれは、田中さんだっけ↗？
　　　那個人，是田中先生嗎？

- 疑問詞＋っけ：用於詢問特定的資訊

例句：明日の予定、何だったっけ↗？
　　　明天的行程，是什麼呢？

練習：

一、請寫出相對應的日文句子

1. 你的生日，是什麼時候呢？

2. 對不起。你的名字是什麼呢？

3. 在超市要買什麼呢？

二、請選出（　　　）中最適當的詞語

1. 複選題

    A：このプロジェクトの締め切り、
    （　　　　）↗？
    B：今日だよ。
    A：ええぇ～。

    A：這個專案的截止日期是（什麼時候呢）？
    B：今天啊。
    A：哎啊～。

    | ①いつ | ②何時っけ | ③何時 | ④いつだっけ |

2. A：今日先生に教えてもらったんだけど、この問題
    どうやって（　　　　　　）↗？
    B：俺、話聞いてなかったんだよね。

    A：雖然今天老師教過我了，不過這個問題到底該怎麼（解呢）？
    B：我，根本沒在聽課啊。

    | ①解くの | ②解くんだっけ | ③解く | ④解きますか |

單字

締め切り 名 截止日期

> 答案與解析

答案：一、1. 誕生日(たんじょうび)、いつだっけ↗？

　　　　 2. ごめん。名前何(なまえなん)だっけ↗？

　　　　 3. スーパーで何(なに)買うっけ↗？

　　 二、1. ①、④　2. ②

解析：

1. ①いつ：「締め切り、いつ↗？」是簡單且自然的表達方式。適合詢問日期，會話的流暢度也沒有問題。

　②何時(なんじ)っけ：疑問的時候通常會用「何時(なんじ)だっけ↗？」或是「何時(なんじ)だったっけ↗？」，還有「締め切り」通常指的是日期，不是時間，所以不太適合。

　③何時(なんじ)：「締め切り、何時(なんじ)↗？」是在詢問具體時間，而「締め切り」通常指日期，所以這個選項也不太恰當。

　④いつだっけ：帶有想起來或確認某件事的含意，也是一種自然的表達方式。這在上下文中也很合適。

2. ①解(と)くの：「どうやって解(と)くの↗？」雖然作為提問的方式很自然，但在想起已經學過的事情時，比較不合適。這個表達方式更像是完全不記得有學過這件事。

　②解(と)くんだっけ：「どうやって解(と)くんだっけ↗？（到底該怎麼解呢？）」，這個表達方式帶有回憶過去學過的事情的語意，十分符合上下文。「今天老師教過我了」的前提下，用這個表現最為恰當。

　③解(と)く：「どうやって解(と)く↗？」同樣是自然的提問，但在回憶教過的事情的情況下，缺乏那樣的語感。

　④解(と)きますか：「どうやって解(と)きますか。」和選項1、3的意思相同，只是是用禮貌形，同樣在語感上較不合適。

34 わけ 原來是這樣，所以才這麼厲害！

「わけ」口語時可以用來讚嘆對方，「原來是這樣子啊」的句型，有時候也可以用來說明理由。請先看看下面這個情境，你會用哪個選項的說法，想想看。

➡感嘆對方英文很棒，原來是有去國外留學，應該要怎麼說呢？

A：Could you please give me the menu? I would also like a towel, please.
B：すご〜い。
A：留学してたんですよ。
B：だから英語が＿＿＿＿＿＿。

　　1. 上手いです　　　　　2. 上手いわけか

A：可以給我菜單嗎？我還想要一條毛巾。
B：好厲害。
A：我有去留學喔。
B：有去留學所以英文才這麼好啊。

答案：2

文法說明：

「英語が上手いです」只是單純描述事實，沒有表達出理解或認同的語氣。沒有表現出讓 B 感到驚訝或佩服的感覺，導致對話比較不自然。而「わけ」用來表達接受和理解，在這裡 B 聽到 A 的英語很好，聽了原因後接受並理解了，所以回答「だから英語が上手いわけか」，讓對話顯得更加自然。

- 「わけ」的使用時機有四個

① 理由：用來說明事情的理由或原因時使用。

例句：

彼が遅刻したわけは、電車が事故で遅れたからです。
他遲到的原因是，因為電車發生了事故。

雪が降っているわけだから、寒いのも当然だ。
因為在下雪，當然會冷。

② 強調結論、事實：用來強調某種結論或事實。

例句：

社会人になったわけだが、一人前ではない。
雖然我成為了社會人士，但還不是個成熟的大人。

③ 換句話說、總結：用來換句話說或總結前述的內容。

例句：

彼女は休むと言っていた。要するに、今日は来ないわけですね。
她說了今天要休息。也就是說，今天她不會來呢。

④ 理解、接受：用來表示理解或接受某事的原因或結果。

例句：

３年留学していたのか。どうりで英語がうまいわけだ。
留學了 3 年啊。難怪英語這麼好。

練習：

一、請寫出相對應的日文句子

1. 她哭的原因是，因為失戀了。

2. 所以他才會被選為領導者啊。

3. 聽說會下雨。也就是說，野餐取消了。

二、請選出（　　　）中最適當的詞語

1. A：ちょっと気分が悪くて……。
   B：体調が悪かったんだな。それで元気がなかった（　　　）。

   A：我有點不舒服……。
   B：原來是身體不舒服啊。（難怪）沒有精神。

   ①わけだ　　②から　　③ので　　④ね

2. 複選題
   A：昨夜眠れなかった（　　　）は、部屋が暑すぎたからです。
   B：不眠症だと思ってた。

   A：昨晚睡不著（的原因），是因為房間太熱了。
   B：我還以為是失眠。

   ①わけ　　②ので　　③理由　　④から

169

答案與解析

答案：一、1. 彼女が泣いているわけは、失恋したからだ。

　　　 2. だから彼がリーダーに選ばれたわけだ。

　　　 3. 雨が降ると聞いた。つまり、ピクニックは中止なわけだ。

　　二、1. ①　2. ①、③

解析：

1. ①わけだ：表示理解並接受這個原因的表達方式。由於 A 表示「有點不舒服」，B 在這裡使用「だから元気がなかったのか（所以才會沒有精神啊）」，是很自然流暢的對話。

　 ②から：是表達理由或原因的連接詞，但這裡「それで元気がなかった」，是造成的結果，不是原因，用「から」會導致語意不通順。

　 ③ので：同樣是表示理由的連接詞，但前面應該直接陳述原因，放在這裡也不合適。

　 ④ね：尋求對方同意的終助詞，不適合用來解釋理由。

2. ①わけ：用來說明理由或原因的表達方式，適合用於 A 所說的「昨夜睡不著的原因」，能自然的連接前後文，因此在這裡最合適。

　 ②ので：表示理由的連接詞，通常在句子中間使用，在這裡後面加「は」是不自然的。

　 ③理由：用來說明理由或原因的表達方式，雖然使用「理由」也是正確的，但感覺上比較正式。在口語對話中，用「わけ」會更自然。

　 ④から：表示理由的連接詞，通常在句子中間使用。在這裡後面加「は」是不自然的。

35 おかげ、せい　這都是託你的福啦

「おかげ、せい」都是託某某人的福，或是都是某某人害的的句型，是能夠強烈的表達自己的情緒的說法。請先看看下面這個情境，你會用哪個選項的說法，想想看。

➡想表達託老師的福，所以考試合格了！應該要怎麼說呢？

　　A：先生が_____。ありがとうございました。
　　　　　せんせい
　　B：自分で頑張ったからよ。
　　　　じぶん　がんば

> 1. 教えました。だから合格できました。
>   おし　　　　　　　　　ごうかく
> 2. 教えてくれたおかげで、合格できました。
>   おし　　　　　　　　　ごうかく

　　A：託老師的福考試合格了。謝謝。
　　B：是因為你自己努力得來的喔。

答案：2

🔍 文法說明：

「おかげで」，表達感謝某人的幫助或某件事的影響，帶來了好的結果。「おかげで」包含了感謝的心情，並且承認他人的幫助和支持。

「だから」只是單純表達某個原因，不包含感謝的心情，沒有表達出感謝之意。

「おかげ」和「せい」在日語中是用來表達感謝或責備的說法，但它們的用法有很大的不同。下面會詳細說明各自的用法和含意。

171

- おかげ：獲得好的結果時，感謝他人幫助的說法。這是用來表達正面的結果和感謝的意思。

- せい：將壞的結果或困難怪罪於他人。是用來表達負面的結果或不滿的說法。

簡單來說，「おかげ」帶有感謝的語氣，而「せい」則帶有責備的意思。

MEMO

練習：

一、請寫出相對應的日文句子

1. 因為塞車，結果會議遲到了。

2. 專案能夠成功，都是多虧了團隊的全體成員。

3. 多虧了醫生，手術順利成功。

二、請選出（　　）中最適當的詞語

1. A：コンピュータの不具合の（　　）、データが消えてしまった。
   B：あらま～、3日間かけて作ったデータでしょう↗？

   A：都是電腦故障（害的），資料不見了。
   B：哎呀～，這是花了三天做的資料吧？

   | ①おかげで | ②せいで | ③ので | ④から |

2. A：彼と別れた時は辛そうだったけど、どう↗？もう大丈夫なの↗？
   B：友達の（　　）、苦しい時期を乗り越えることができたよ。

   A：你和他分手的時候看起來很難過，現在怎麼樣呢？已經沒事了嗎？
   B：（多虧了）朋友，才能度過那段痛苦的時期。

   | ①おかげで | ②せいで | ③原因 | ④関係 |

單字

不具合 图 故障

答案與解析

答案：一、1. 交通渋滞のせいで、会議に遅れてしまいました。
　　　　2. プロジェクトが成功したのは、チーム全員のおかげです。
　　　　3. 先生のおかげで、無事に手術が成功しました。
　　　二、1. ②　2. ①

解析：

1. ①おかげで：用來表達感謝的說法，用於正面的結果，但此處是負面結果，所以不適合。

　②せいで：用來表達某個問題或困難的來源。在這個句子裡，因為電腦故障導致資料消失，是一個負面的情況，因此用「せいで」最適合。

　③ので：用來解釋原因或理由，但用「せいで」更強調問題的來源，更適合此對話。

　④から：雖然也用來表達原因，但語氣較為中性，沒有「せいで」強調負面心情的感覺。

2. ①おかげで：用來表達感謝之意，表示受到了好的影響或幫助。在這裡因為朋友的幫助，讓Ａ能度過痛苦的時期，所以用「おかげ」較為自然，適合表達感謝之意。

　②せいで：用來表達負面結果的原因。在這裡朋友幫助了Ａ，用「せいで」不適合。

　③原因：用來表示問題或困難的起因。在這個情境下，朋友帶來的是正面的影響，因此「原因」並不適用。

　④関係：用來表示事物或人之間的關聯或聯繫，但在表達感謝或正面結果時，使用「関係」比較不自然。

36 名詞＋ばかり、て形＋ばかり
什麼！這間店全都是男人！

「名詞＋ばかり、て形＋ばかり」幾乎都是……的句型。都是男生、都是小孩，或是一直在做某事時也會使用這個說法。請先看看下面這個情境，你會用哪個選項的說法，想想看。

➲ 看到一間店全是男生，很驚訝的告訴朋友。應該要怎麼說呢？

A：この店男性＿＿＿＿＿だ。
B：女性も入れるの↗！？
A：入れると思うけど入りづらいね。

| 1. だけ | 2. ばかり |

A：這間店都是男生。
B：女生也可以進去嗎？
A：我覺得可以進去但有點難踏進去呢。

答案：2

➲ 最近一直都在吃泡麵，媽媽很擔心你。會怎麼說呢？

A：毎日カップラーメン＿＿＿＿＿食べてたら、ちょっと栄養が心配。
B：そうだね……。

| 1. だけ | 2. ばかり |

A：每天都只吃泡麵的話，有點擔心你的營養。
B：也是……

答案：2

單字

カップラーメン 图 泡麵

文法說明：

「男性ばかり」是指，有很多人而且幾乎都是男生。「名詞＋ばかり」指都是某個人或物的意思。「名詞＋ばかりしている」、「て形＋ばかりいる」是指一直持續做那個動作。

※ 複習

「た形＋ばかり」，剛做完某件事的意思。

MEMO

練習：

一、請寫出相對應的日文句子

1. 一直在打電動。

2. 他的衣服全部都是黑色的，沒看過其他顏色。

3. 晚餐幾乎都是速食。

二、請選出（　　）中最適當的詞語

1. A：夏休みは今年も旅行に行くか。
   B：ハワイに行きたい。毎年近場（　　）つまらない。

   A：今年暑假也要去旅行吧。
   B：想去夏威夷。每年（都是）去附近的地方很無聊。

   | ①いつも | ②ばかり | ③だけ | ④ずっと |

2. A：疲れてる↗？
   B：仕事に（　　）ばかりで休んでいない。

   A：累了嗎？
   B：一直被工作追著跑沒有休息。

   | ①ある | ②いる | ③追われて | ④追われた |

答案與解析

答案：一、1. ゲームばかりしている。　或　ゲームしてばかりいる。
　　　　2. 彼の服は黒ばかりで、他のを見たことがない。
　　　　3. 晩ご飯はファーストフードばかりです。

　　　二、1. ②　2. ③

解析：

1. ①いつも：不能說「近場いつも」，要說「いつも近場」才可以。副詞要放在前面。

   ②ばかり：頻率很頻繁或是量很多，一直都是去附近的地方的意思。「名詞＋ばかり」，是正確的用法。

   ③だけ：「只有」的意思，但是不會說「だけつまらない」，要說「だけでつまらない」才是正確的說法。

   ④ずっと：不能說「近場ずっと」，要說「ずっと近場」才可以。副詞要放在前面。

2. ①ある：語意上不正確。

   ②いる：語意上不正確。

   ③追われて：一直被工作追著跑的意思。用「て形＋ばかり」表達一直在做某某事的意思。

   ④追われた：一直在工作，正好工作剛做完不久的意思。

單字

ファーストフード 名 速食 fast food

第九部分

這些學起來表達更到位

37 **こと、の** 都是名詞化，卻有點不一樣 ……… 180

38 **と、たら、ば、なら** 偷偷告訴你，我推薦這個
　　　　　　　　　　　　　　　　　　　　　　　 185

39 **より、のほうが** 比較的說法 ……………………… 191

40 **（ら）れる** 尊敬語、可能形、被動形、自發形
　　　　　　　　　　　　　　　　　　　　　　　 197

41 **にする** 我決定要這麼做！這麼做就對了！
　　　　　　　　　　　　　　　　　　　　　　　 203

42 **にとって、に対して**
　　 中文都是對⋯，日文意思大不同 ……………… 207

43 **べき、なければならない**
　　 明天必須要還！不還不行了 …………………… 211

44 **くなる、になる、ようになる**
　　 轉變的說法 ……………………………………… 215

45 **て形（原因）** 自然形成的結果 ……………… 219

37 こと、の　都是名詞化，卻有點不一樣

「こと」「の」可以用來把動作名詞化，需要用名詞回答問題時，可把日文動作說法後加上「こと」「の」來回答。請先看看下面這個情境，你會用哪個選項的說法，想想看。

➡ 朋友問你興趣是什麼，你回答，彈鋼琴。應該要怎麼說呢？

A：趣味は何ですか。
B：ピアノを＿＿＿＿＿＿。

　1. 弾きます　　　　　　　2. 弾くことです

A：你的興趣是什麼呢？
B：是彈鋼琴。

答案：2

📖 文法說明：

「こと」「の」都是用來名詞化，只能用名詞的情況下，透過加入「こと」或「の」將動詞或形容詞名詞化，讓句子更順暢、自然。

一般而言，「こと」和「の」用來當名詞化的用法時可以相互取代。

例如如下例句，可以用「こと」，也可以用「の」。

1. 毎日新しい単語を覚えることが楽しい。

   毎日新しい単語を覚えるのが楽しい。
   可以每天記得新單字是很愉快的。

2. 異国の料理を試すことが好きだ。

   異国の料理を試すのが好きだ。
   喜歡嘗試異國料理。

雖然「こと」和「の」都是用來將動詞和形容詞名詞化，但在某些特定的場合下，只能用其中之一。下面的例句會解釋它們之間的區別。

• 只能用「こと」的情況

1. 「こと」＋できる／ある

   ①日本語を勉強することができる。
   可以學習日語。

   ②その話を聞いたことがある。
   有聽說過那件事。

2. 「こと」＋です／だ／である

   ①彼が言ったことです。
   這是他說過的事情。

   ②これは重要なことだ。
   這是重要的事情。

③人を思いやることが、良い人間関係を築く上で重要なことである。
體貼他人，是建立良好人際關係的重要因素。

- **只能用「の」的情況**

1. 「の」＋見る／聞く／感じる　等（感官動詞）

    ①彼が走っているのを見た。
    我看見他在跑步。

    ②鳥が鳴いているのを聞いた。
    我聽見鳥在叫。

    ③風が吹いているのを感じた。
    我感覺到風在吹。

2. 「の」＋待つ／手伝う／止める　等（對當下狀況的反應）

    ①彼が来るのを待っている。
    我正在等他來。

    ②彼が荷物を持つのを手伝った。
    我幫他拿行李。

    ③子供が走り出すのを止めた。
    阻止孩子跑出去。

練習：

一、請寫出相對應的日文句子

1. 我很期待能夠和外星人交談的未來。

2. 我夢想著能夠搭時光機回到過去。

3. 做出自己的複製人是我的夢想。

二、請選出（　　）中最適當的詞語

1. A：透明人間になる（　　）ができたらどうする↗？
   B：銀行強盗するかな。

   A：如果能夠（變成）透明人你會做什麼？
   B：可能會去搶銀行。

   | ①こと | ②の | ③× | ④かも |

2. 複選題

   A：テストで100点満点取れる（　　）を夢見ています。
   B：それは難しいんじゃないかな。

   A：我夢到在考試中（得到）滿分。
   B：那應該很難吧。

   | ①こと | ②の | ③は | ④が |

答案與解析

答案：一、1. 宇宙人と話すことができるようになる未来が楽しみだ。

2. タイムマシン₁で過去に行けることを夢見ている。

   タイムマシンで過去に行けるのを夢見ている。

3. 自分のクローン₂を作るのが夢だ。

   自分のクローンを作ることが夢だ。

二、1. ①　2. ①、②

解析：

1. ①こと：將「透明人間になる」這個句子名詞化，「こと＋できる」。

   ②の：也是用來名詞化，但沒有「の＋できる」這樣的表達方式，「こと＋できる」才是正確的。

   ③×：這裡需要將句子名詞化，不加入任何詞，句子會很不自然。

   ④かも：「かもしれない」的省略的說法，但在這裡語意不合。

2. ①こと：透過使用「こと」，將「テストで100点満点取れる」這個句子名詞化。

   ②の：透過使用「の」，將「テストで100点満点取れる」這個句子名詞化。

   相較於「こと」，在會話和口語中用「の」會更自然。

   ③は：表示主語或主題的助詞，用來強調主語或主題。

   ④が：表示主語主格的助詞，用來強調主語。

單字

| 1. タイムマシン 图 時光機 time machine | 2. クローン 图 複製 clone |

38 と、たら、ば、なら
偷偷告訴你，我推薦這個

日語中表示條件的說法有好幾種，各自能使用的對象也都不同。請先看看下面這個情境，你會用哪個選項的說法，想想看。

➡ 和朋友討論要去哪裡賞楓比較好。這時候應該要怎麼說呢？

A：もう紅葉の季節か、見に行かない⤴？
B：＿＿＿＿＿、清水寺がいいよ。

　　1. 紅葉は　　　　　　　　2. 紅葉なら

A：已經到了賞楓的季節了啊，要去賞楓嗎？
B：賞楓的話，清水寺不錯喔。

答案：2

➡ 問朋友，如果明天天氣不錯，要不要去野餐呢？應該怎麼問呢？

A：明日、天気が＿＿＿＿＿、ピクニックに行こう。
B：いいね！じゃお弁当を作ろうかな。

　　1. よくて　　　　　　　　2. よければ

A：如果明天天氣好的話，就去野餐吧。
B：好啊！我來做個便當好了。

答案：2

➡ 朋友說今晚要和其他朋友去吃飯，不知道該吃什麼才好，詢問你的意見。

A：今晩、友達とご飯を食べたいんだけど、どこがいいかな↗？

B：イタリアンレストランに行こうよ。パスタを＿＿＿＿、いつも幸せになるんだ。

> 1. 食べて　　　　　　2. 食べると

A：今晚想和朋友去吃飯，去哪裡吃比較好啊？
B：去義大利餐廳吧。只要一吃義大利麵，總是會感到很幸福。

答案：2

🔍 文法說明：

「紅葉なら、清水寺がいいよ。」，「なら」是表達條件的連接詞，自然的傳達「賞楓的地點」的話，我推薦清水寺喔。

表示條件的說法有「と」「たら」「ば」「たら」，各自能使用的對象都不同，整理如下表：

	と	たら	ば	なら
①假設		○	○	○
②不是實際狀況但假設		○	○	○
③確定的條件		○		
④達成某個條件就會發生	○	○	○	○
⑤選擇				○
⑥偶然		○		
⑦有意識的動作	○			

186

① 假設：不知道正確還是不正確的事

例句：雨が降ったらバーベキューは中止にしましょう。
　　　　如果下雨的話就停止 BBQ 吧。

② 不是實際狀況但假設：實際上不是那樣，但假設那樣的話

例句：翼があったら今すぐ飛んでいくのに。
　　　　如果有翅膀的話就可以飛了。

③ 確定的條件：前面的事情一定會發生的時候

例句：10 時になったら出かけよう。
　　　　一到 10 點就出門吧。

④ 達成某個條件就會發生：達成前面的條件後一定會發生的事

例句：春になると桜が咲く。
　　　　一到春天櫻花就會開花。

⑤ 選擇：建議如果發生了那樣的狀況，選這個會比較好

例句：旅行に行くならスイスがいいですよ。
　　　　如果要去旅行的話，去瑞士比較好喔。

⑥偶然：做了前面的事，結果偶然發生後面的事，沒有因果關係

　　例句：喫茶店に入ったら木村拓哉がいた。
　　　　　一進到喫茶店就遇到木村拓哉。

⑦有意識的動作：前面的事情發生，有意識的做後面的事

　　例句：彼はうちに帰ると彼女に電話した。
　　　　　他一回家就打電話給女朋友。

MEMO

練習：

一、請寫出相對應的日文句子

1. 如果企鵝能在天上飛的話，你想像看看會發生什麼事。

2. 一看到甜甜圈，正在減肥的我也變得想吃了。

3. 拜託老公幫我洗碗，他就去洗了。

二、請選出（　　　）中最適當的詞語

1. A：お化け屋敷に（　　　）、守ってくれる彼氏と一緒に行きたいな。
   B：その前に彼氏を作らなきゃね。

   A：（如果要去）鬼屋，想和會保護我的男朋友一起去。
   B：在這之前必須先交到男朋友呢。

   | ①行ったら | ②行くと | ③行けば | ④行くなら |

2. A：授業が（　　　）、コンビニ行ってアイス買おうよ。
   B：いいね。

   A：上課（結束的話），就去便利商店買冰淇淋吧。
   B：好啊。

   | ①終われば | ②終わったら | ③終わると | ④終わるなら |

答案與解析

答案：一、1. もしペンギンが空を飛べるようになったら（なれば、なったなら）、何が起こるのか想像してみて。

2. ドーナツを見ると（見たら、見れば）、ダイエット中の私でも食べたくなってしまう。

3. 主人に皿洗いをお願いしたら、洗ってくれた。

二、1. ④　2. ②

解析：

1. ①行ったら：「たら」假設發生的話，後面的事情也會發生，後面必須接會發生的事情，所以這裡不適合。

②行くと：用在一定會發生的事，這裡不是一定會發生的事。

③行けば：「ば」假設發生的話，後面的事情也會發生，後面必須接會發生的事情，所以這裡不適合。

④行くなら：這裡是「選擇」的意思。如果發生那個狀況，希望可以這樣子做。

2. ①終われば：表達假設條件，在這個語境中不合適。因為是假設條件可能，包含也有可能不會實現的意思在裡面。

②終わったら：表示「確定條件」的意思，課程必定會結束，所以表達結束後會做後面的事情。

③終わると：可以用於表示有意識的做某件事情，但是用於邀請別人時會顯得有點奇怪。

④終わるなら：表示條件，但在這個語境中強調的是結束後會確實發生某種行動，因此不太合適。

39 より、のほうが
比較的說法

「より」和「のほうが」都是用來表示比較的說法。但是兩者有些微的不同語感，需要仔細分辨，才能察覺出其中不同之處。請先看看下面這個情境，你會用哪個選項的說法，想想看。

➡ 友人問你，忍者和武士，哪一個比較帥？你回答，武士比較帥氣喔。用日文應該怎麼說比較好。

A：忍者と侍、どちらの方がかっこいいの⤴？
B：＿＿＿＿＿かっこいいよ。

> 1. 侍は忍者より　　　　2. 侍のほうが

A：忍者和武士，哪一個比較帥氣呢？
B：武士比較帥喔。

答案：2

單字

侍 图 武士

🔍 文法說明：

「侍は忍者よりかっこいいよ」，用「より」來比較武士和忍者的帥氣度，說法上比較正式。「侍のほうがかっこいいよ」，用「のほうが」來表達武士比較帥，在日常會話中比較經常使用，是比較隨性的說法。兩個說法都沒有錯。但平常說話時，用來比較兩者的時候，比較常會用「のほうが」來表達。「～は～より～」的說法太長了，會話上會感到不太自然。

比較的用法有很多種，根據狀況，必須使用不同的說法，這點很重要。下面舉出幾個常見的例子來說明。

1. 基本的比較　AはBより～

例句：沖縄は北海道より暑い。　沖繩比北海道還熱。

- 用法：這個用法是比較A和B兩種的特性，表達A比B更有那個特性。

- 狀況：用來比較的標準說法。明確的把A和B拿出來比較，在正式和隨性的場合都可以使用。

2. 簡單的比較　Aの方が～

例句：沖縄の方が暑い。　沖繩比較熱。

- 用法：在說話的過程中，已經很清楚要比較的對象。比起用「より」來說更簡潔，適合比較隨性的場合。

- 狀況：已經在話題中出現的對象，再次拿出來比較的時候，想更簡潔的表達時可以這麼說。

3. 強調比較　Aに比べてBは〜

例句：北海道に比べて沖縄は暑い。　比起北海道，沖繩比較熱。

- 用法：這個用法是特別強調A和B的時候使用。和A相較之下，B比較怎麼怎麼樣。
- 狀況：想要強調A和B的差別，比較正式的場合會使用。

4. 明確的比較　Aと比べてBは〜

例句：北海道と比べて沖縄は暑い。　和北海道比起來沖繩比較熱。

- 用法：這個用法和「に比べて」很像，但是用「と比べて」的時候，隱含了A和B是平等的的感覺。
- 狀況：想表達比較的對象是平等的時，比較正式的場合會使用。

5. 語氣和緩的比較　Aに比べるとBは〜

例句：北海道に比べると沖縄は暑い。　和北海道比起來沖繩比較熱。

- 用法：用「に比べると」表達語氣比較和緩的比較。雖然把A和B相比，但並沒有強調他們之間的差別很大。
- 狀況：雖然在比較兩者，但並不強調他們的差別很大，是較為和緩的說法。

「比較」用法的總整理

- より〜：標準的比較用法，明確的比較A和B。
- 〜の方が：更簡潔、口語的說法。

- に比べて：強調比較兩者，較正式的說法。

- と比べて：強調比較的兩者是平等的，較正式的說法。

- に比べると：語氣較和緩的比較，雖然是比較，但不特別強調兩者的差異很大。

雖然都是比較，但根據狀況不同有不用的說法，在適當的時候用適當的說法來溝通，效果會更好喔。

MEMO

練習：

一、請寫出相對應的日文句子

1. 獅子比較恐怖喔。

2. 披薩比漢堡更容易大家一起分享喔。

3. 和巴黎相比夏威夷是更能讓人放鬆的地方。

二、請選出（　　　）中最適當的詞語

1. A：今まではずっとポケモン見てたんだけど、最近、ドラゴンボールを見直しているんだ。やっぱり面白いね！

   B：わかる！（　　　）バトルシーンの迫力があるからね。

   A：目前為止一直在看寶可夢，但是最近重看七龍珠，果然很有趣呢！
   B：我懂！因為（七龍珠）的戰鬥場景更有魄力呢！

   ①ポケモンに比べてドラゴンボールは　②ドラゴンボールのほうが
   ③ポケモンと比べてドラゴンボールは　④ポケモンに比べるとドラゴンボールは

2. A：最近、何か面白い本を読んだ↗？

   B：うん、面白い本を読んだんだけど、やっぱり（　　　　　　）感動するね。

   A：最近有讀什麼有趣的書嗎？
   B：有啊，雖然讀了很有趣的書，但（比起讀書還是電影）比較讓人感動呢。

   ①読書に比べて映画は　②読書より映画のほうが
   ③読書と比べて映画は　④読書に比べると映画は

> 答案與解析

答案：一、1. ライオンのほうが怖いよ。
　　　　2. ピザはハンバーガーよりもみんなでシェアしやすいよ。
　　　　3. パリに比べてハワイのほうがリラックスできる場所だね。

　　　二、1. ②　2. ②

解析：

1. ①ポケモンに比べてドラゴンボーは：正式的說法，日常會話中使用會感覺很生硬。

②ドラゴンボールのほうが：比較輕鬆的對話，日常生活中很適合用。是正確答案。

③ポケモンと比べてドラゴンボールは：正式的說法，日常會話中使用會感覺很生硬。

④ポケモンに比べるとドラゴンボールは：雖然是比較和緩的比較的說法，但感覺上還是比較正式一點，比較不適合用於日常對話中。

2. ①読書に比べて映画は：比較正式的說法，用在會話上感覺會很生硬。

②読書より映画のほうが：比較隨性的說法，日常會話使用比較自然。是正確答案。想要更簡單的回答的話，用「映画のほうが感動するね」也是可以的。

③読書と比べて映画は：比較正式的說法，用在會話上感覺會很生硬。

④読書に比べると映画は：雖然是比較和緩的比較的說法，但感覺上還是比較正式一點，比較不適合用於日常對話中。

上述兩題其實文法上都沒有錯誤，但口語和書面會有不同的說法，這裡是口語上的對話，所以要選擇比較口語的會話說法。

40 （ら）れる
尊敬語、可能形、被動形、自發形

「（ら）れる」有四種主要的用法，尊敬語、可能形、受身形（被動形）和自發形。同學經常會在這裡感到困惑。請先看看下面這個情境，試試看你會不會辨別這些用法。下面的情境你會用哪個選項的說法，想想看。

➡ 朋友臉色很難看，你問他怎麼了，他說是被老師罵了。

A：どうしたの↗？浮かない顔をして……。
B：先生＿＿＿＿＿＿。

　　1. が怒ったんだ　　　　2. に怒られたんだ

A：怎麼了？臉色這麼難看……。
B：被老師罵了。

答案：2

單字

浮かない顔　不高興的表情

⭕ 朋友看起來很開心,原來是收到最喜歡的歌手的稱讚。

A:なんだか嬉しそうだね。どうしたの⤴?
B:好きな歌手＿＿＿＿＿。

| 1. がほめたんだ | 2. にほめられたんだ |

A:看起來好像很開心呢。怎麼了?
B:被喜歡的歌手稱讚了。

答案:2

⭕ 朋友看起來很煩惱,原來是被父母發現了正在交往的事情。

A:元気なさそうだね。何かあったの⤴?
B:付き合ってることを親＿＿＿＿＿。

| 1. が知ったんだ | 2. に知られたんだ |

A:看起來沒什麼精神呢。發生什麼事了?
B:正在交往的事被父母發現了。

答案:2

單字

褒める 動 稱讚

🔍 文法說明：

日本人傾向在一句話裡表達出自己全部的感受。像「先生が怒った」（老師生氣了）這樣單純描述「某人做了某件事」的說法較少使用。相對的更強調「某人做了某件事，自己感受如何」的說法更常見。如果對方做了某件事，讓人感到不愉快，會使用「被動形」來表達感受。若對方的行為讓自己感到開心、愉快，則應該使用「てもらう」或「てくれる」來表達。

此外「（ら）れる」有四種主要的用法，尊敬語、可能形、被動形和自發形。同學經常會在這裡感到困惑。要辨別這些用法，必須透過句子的語境和結構。以下針對每種「られる」的說法進行說明。

尊敬形：「られる」作為尊敬語，通常用於對長輩或社會地位較高的人（如老師、社長）表達尊敬的說法。當主語是長輩時，通常是尊敬語的表現。

例句：社長がご飯を食べられる。 社長正在用餐。

可能形：能不能翻譯成「できる」（能夠、可以）是判斷的關鍵。如果表達的是能力或可能性的話，可能形的機率就很高。

例句：僕はまだ二歳だけど、ピーマンが食べられるんだ。
　　　雖然我才兩歲，但我能吃青椒。

單字

ピーマン 图 青椒

被動形：有兩種用法，分別是表達事實的受身形和表達情感的被動形。如何區分取決於這個動作是否讓人感到不愉快。

用法 1. 是否是因為被他人做了某件事而感到不愉快。如果讓人感到不愉快，則是被動形。有些例外的動詞，例如「褒める」（被稱讚→褒められた），這個詞本身不帶負面情緒，所以用被動形也沒有負面的心情在裡面。

例句：私のケーキが弟に食べられた。　我的蛋糕被弟弟吃掉了。

用法 2. 被動形也可以用來表達某種事實，常用於描述歷史事件或陳述事實的時候。

例句：この建物は500年前に建てられた。　這座建築物是在500年前建造的。

自發形：用於表達某種情感或狀態自然的發生，與意志無關。例如「思い出す」（想起來）、感動する（感動）後面加上「られる」的時候，表示這是一種自然而然發生的感情，可能是自發的形式。

例句：あの映画に感動させられた。　那部電影讓我感動。

練習：

一、請寫出相對應的日文句子

1. 社長將在下週的會議上說明新的專案。（尊敬形）

2. 今天是休假日，可以睡到中午。（可能形）

3. 我的帽子被猴子搶走了。（被動形）

二、請選出（　　　）中最適當的詞語

1. A：あ～、懐かしい。この音楽を聞くと学生時代のことが（　　　）な～。
   B：あの時はみんな聞いてたもんね。

   A：啊～，好懷念。每次一聽到這首音樂就會（自然想起）學生時代的事呢～。
   B：那時候大家都在聽這首歌呢。

   | ①思い出す | ②思う | ③思い出される | ④出る |

2. A：どうしたの↗？そんなにプンプン₁しちゃって。
   B：友達（　　　）落書き₂されたんだ。もう友達でもなんでもないけどね。

   A：怎麼了？氣呼呼的樣子。
   B：（被）朋友亂塗鴉。雖然現在已經不算是朋友了。

   | ①が | ②を | ③は | ④に |

單字

1. プンプン 副 生氣的樣子（擬聲詞）
2. 落書きする 動 塗鴉 亂畫

答案與解析

答案：一、1. 社長は、来週のミーティングで新しいプロジェクトについて説明されます。

　　　　2. 今日は休みなので、昼まで寝られる。

　　　　3. 私の帽子が猿に取られてしまいました。

　　二、1. ③　2. ④

解析：

1. ①思い出す：表示主觀的去回想某件事。從句子上來看，自然的回憶起來會比主動的想起來更適合。「学生時代のことを思い出すな」，如果要用思い出す助詞要用「を」。

　②思う：單純表達思考。但在這裡，我們想表達的是過去的特定事件自然的浮現，因此不適合。

　③思い出される：是自發形，表示自然的回想起某件事。在這個語境下，聽到音樂後會自然回想起學生時代的事情，這個表達最為貼切。

　④出る：在這個語境下不太自然，無法表達出想到過去回憶的情境。

2. ①が：「友達が落書きしたんだ」，這個說法「朋友」才是受害者，朋友被塗鴉了。和原本的句子想表達的意思不同。

　②を：「友達を落書きされたんだ」，意思變成「朋友被塗鴉」，這與文意不符。

　③は：「友達は落書きされたんだ」，這個說法「朋友」才是受害者，朋友被塗鴉了。和原本的句子想表達的意思不同。

　④に：「友達に落書きされたんだ」。這裡的「に」表示做這個動作的人（也就是「朋友」），在此情境中是最自然的選擇。意思是「被朋友亂塗鴉」，表達出說話者因朋友的行為而感到不愉快的心情。

41 にする　我決定要這麼做！這麼做就對了！

要請別人幫忙時可以說「～お願いします」，那麼如果要告訴別人自己的決定，請別人接受我的決定時，應該怎麼說比較好呢。請先看看下面這個情境，試試看你會不會辨別細微的語感差異。下面的情境你會用哪個選項的說法，想想看。

➡ 點餐時跟店員說，我要點牛丼定食，飯量一半就好。應該怎麼說比較好。

A：牛丼定食。ご飯半分＿＿＿＿＿＿。
B：かしこまりました。

　　1. お願いします　　　　2. にしてください

A：我要牛丼定食。飯請給我半碗就好。
B：了解了。

答案：2

➡ 在美容院告訴設計師，想要剪短 10 公分的頭髮。應該怎麼說比較好呢？

A：髪を 10 センチ短く＿＿＿＿＿＿。
B：かしこまりました。

　　1. お願いします　　　　2. してください

A：頭髮要剪短 10 公分。
B：我明白了。

答案：2

203

文法說明：

自己的決定、自己的選擇要用「にします」。想要對方聽你的話，這麼做就對了時，要用「にしてください」。這裡是想要請店員把白飯改成半碗就好了，請店員這麼做，所以要用「にしてください」。

MEMO

練習：

一、請寫出相對應的日文句子

1. 今天的飯就決定是炸雞了。

   ___

2. 我要選這裡。

   ___

3. 我要五分熟。

   ___

二、請選出（　　）中最適當的詞語

1. 複選題

   A：コーヒーと紅茶とどちらになさいますか。

   B：コーヒー（　　　　）。

   A：咖啡和紅茶要選哪一個呢？
   B：（請給我）咖啡。

   ①ください　　②お願いします　　③です　　④にします

2. A：どんな髪型になさいますか。

   B：今流行りの髪型（　　　　）。

   A：想要剪什麼髮型呢？
   B：（請幫我剪成）現在流行的髮型。

   ①にします　　②にしてください　　③になります　　④ください

205

答案與解析

答案：一、1. 今日のご飯は唐揚げにする。

2. こっちにします。

3. ミディアムにしてください。

二、1. ①、②、④　2. ②

解析：

1. ①ください：請給我咖啡的意思。

   ②お願いします：拜託請給我咖啡的意思。

   ③です：問你想要哪一個，你回答「是咖啡」，很奇怪不會這樣說。

   ④にします：我要點咖啡。「にします」有要選擇的意思。我要選咖啡的意思。

2. ①にします：問你想要怎樣的髮型，你回答「我要選最流行髮型」，感覺就像沒回答一樣。

   ②にしてください：請幫我剪成…的意思，是正確選項。

   ③になります：我要變成最流行的髮型，很奇怪的說法。

   ④ください：請給我最流行髮型，髮型不是一個東西，所以不會這樣說。

單字

ミディアム 名 中間　五分熟　medium

42 にとって、に対して
中文都是對…，日文意思大不同

「にとって、に対して」在中文裡兩個說法都翻譯為「對」，但是卻有不同的用法。請先看看下面這個情境，試試看你會不會辨別細微的語感差異。下面的情境你會用哪個選項的說法，想想看。

➡ 對同事說。車子對我來說是必需品！應該要怎麼說比較好。

A：私＿＿＿＿＿車は無くてはならない物です。
B：子供の送り迎えがありますからね。

　1. に対して　　　　2. にとって

A：對我來說車子是不能沒有的東西。
B：因為接送小孩要用到呢。

答案：2

➡ 和朋友聊天時，表達對新出的連續劇感到失望。應該要怎麼說比較好呢？

A：新しいドラマ＿＿＿＿＿期待してたのに、がっかりだよ。
B：残念でしたね。

　1. にとって　　　　2. に対して

A：明明很期待這部新連續劇的，真是太失望了。
B：真可惜呢。

答案：2

單字

送り迎え 图 接送

文法說明：

「にとって」及「に対して」在中文裡兩個說法都翻譯為「對」，因此同學們經常搞混。「にとって」主要用來表達從主觀立場來看時，受到怎樣的影響或表達代表什麼意義的評價。「に対して」是表達對對象所表現出的感情、態度或行動，客觀地描述行為或反應，不能用於直接的動作。例如「子供に対して怒る」這樣的說法是錯誤的。

MEMO

練習：

一、請寫出相對應的日文句子

1. 老師被要求對學生保持公正。

2. 被要求對上司更積極地提出意見。

3. 每天的慢跑，對我來說是紓解壓力的一種方式。

二、請選出（　　　）中最適當的詞語

1. A：隣人（　　　）、もっと礼儀正しく接するべきです。これは、良好な近隣関係を築くために欠かせない要素です。

   B：気を付けます。

   A：（對）鄰居，應該要更有禮貌地相處。這是建立良好鄰里關係不可或缺的因素。
   B：我會注意的。

   | ①にとって | ②に対して | ③が | ④は |

2. A：バランスの取れた食事は、健康を維持するために非常に重要です。特に、ビタミン₁やミネラル₂が豊富な食材を摂ることが、体（　　　）無くてはならない物です。

   B：運動するだけじゃダメなんですね。

   A：均衡的飲食，對於維持健康非常重要。特別是攝取富含維生素和礦物質的食材，（對於）身體來說是不可或缺的。
   B：光靠運動是不夠的呢。

   | ①にとって | ②に対して | ③が | ④は |

單字

1. ビタミン 图 維他命 Vitamin
2. ミネラル 图 礦物質 mineral

答案與解析

答案：一、1. 先生は生徒に対して公正であることが求められます。
　　　　2. 上司に対してもっと積極的に意見を言うことが求められている。
　　　　3. 毎日のジョギングは、私にとってストレス解消のひとつです。

　　　二、1. ②　2. ①

解析：

1. ①にとって：用於從主觀立場來進行評價，但在此語境中不合適。

   ②に対して：這是表示「對鄰居要有禮貌的行為」最合適的說法。

   ③が：若使用「が」，句子會變成「隣人が、もっと礼儀正しく接するべきです」，鄰居會變成主語，句子的意思會不同。

   ④は：若使用「は」，句子會變成「隣人は、もっと礼儀正しく接するべきです」，同樣改變了句子的意思。

2. ①にとって：表示從特定立場來評價，這裡是指對於身體來說是不可少的。

   ②に対して：通常用於表達行動或反應，在此處不合適。

   ③が：用來表示主語，但是「体が無くてはならない物（身體是不能沒有的東西）」不符合文意。

   ④は：強調主語或話題，但這裡需要強調的是「体にとって（對身體來說）」維生素和礦物質的重要性。

43 べき、なければならない
明天必須要還！不還不行了

「べき、なければならない」在中文裡兩個說法都翻譯為「必須」或「應該」，但是卻有不同的用法。請先看看下面的情境，試試看你會不會辨別細微的語感差異。下面的情境你會用哪個選項的說法，想想看。

➡ 想跟朋友借書，但朋友說這是圖書館的書，明天必須還回去。應該要怎麼說比較好。

A：この本借りてもいい↗？
B：図書館の本で明日＿＿＿＿＿＿。

| 1. 返すべき | 2. 返さなければならない |

A：可以借我這本書嗎？
B：這是圖書館的書，明天必須還回去。

答案：2

➡ 看著朋友肚子愈來愈大…想建議他應該要做運動。應該要怎麼說比較好呢？

A：そのお腹やばいね、運動＿＿＿＿＿＿。
B：そうかな～？そうだよね。

| 1. しなきゃよ | 2. するべきだよ |

A：那個肚子太扯了，應該要去運動比較好。
B：是這樣嗎？是這樣沒錯呢。

答案：2

211

📢 文法說明：

「～するべき」這是客觀上來說，基於社會規則的建議，表達「應該要～」的意思。含有「這樣做是理所當然的」的意思。但是不會用在涉及自己行為的情況下。

「～しなければならない」這個表達則伴隨著強烈的義務感，明確表示必須這樣做，通常是個人覺得這樣做是必要的。

所以第一個情境中當 B 先生表達自己有義務，明天必須要還這本書的時候，用「なければならない」比較合適。

MEMO

練習：

一、請寫出相對應的日文句子

1. 如果發生火災，必須立即避難。

2. 因為有小孩，為了將來，應該要多存一點錢。

3. 藥物必須在每天決定好的時間吃。

二、請選出（　　　）中最適當的詞語

1. A：この報告書明日までに提出（　　　）から、急ぎでお願いします。

   B：分かりました。

   A：這份報告書（必須在）明天之前提出，請趕快處理。
   B：知道了。

   ①するべきです　②しなければなりません　③して　④しよう

2. A：犬を散歩に連れて行かないのはかわいそうだよ。ペットを飼うなら、しっかりと世話を（　　　）。

   B：ちょっと忙しくて。

   A：不帶狗出去散步狗很可憐喔。如果要養寵物的話，（應該要）好好照顧。
   B：最近有點忙。

   ①しなければならない　②するほうがいい　③するべき　④する必要がある

答案與解析

答案：一、1. 火災が発生したら、すぐに避難しなければなりません。
2. 子供がいるんだから将来のために、もっと貯金をするべきです。
3. 薬は毎日決まった時間に飲まなければなりません。

二、1. ②　2. ③

解析：

1. ①するべきです：表示強烈的建議或道德上的問題，但這裡因為有截止日期，所以需要表達強制性，必須要這麼做才可以。

②しなければなりません：表達有強制性，強調有必要要遵守截止日的義務。在此對話中是最合適的。

③して：「してから」表示順序或時間的經過的文法。

④しよう：表達意願或提議，在這裡無法有效傳達對截止日期的強烈義務，因此不合適。

2. ①しなければならない：表示具有強制性的義務。在對朋友說話時感覺太過強硬，不適合作為建議的表達方式，感覺很像要吵架了。

②するほうがいい：表示建議或推薦，但義務感比較不足。在這裡傳達對寵物照顧的強烈責任感時，這個表達方式有點弱。如果想用「ほうがいい」的話，要用「たほうがいい」。

③するべき：表達義務或道德上的責任，強調不要忽視寵物的照顧，在這個情境下最為合適。朋友之間的對話，對朋友的建議。

④する必要がある：表達具有某種程度強制性的義務，但其強制性不如「しなければならない」強。在這個情境下，雖然也可以使用，但「するべき」會顯得更加自然，並且能更強烈的傳達建議的語氣。

44 くなる、になる、ようになる　轉變的說法

「くなる、になる、ようになる」在日文中都是表達變化的意思，這三種文法在日語中都十分常用，學習時必須特別注意接在什麼詞性之後和語意差異。請先看看下面的情境，你會使用那個選項的說法，想想看。

➲ 最近天氣變冷，外套都拿出來穿了。

　　Ａ：最近＿＿＿＿＿＿＿＿＿＿＿＿よね。
　　Ｂ：衣替え₁でコート出しちゃいましたよ。

> 1. 肌寒い₂なりました　　　2. 肌寒くなりました

　　Ａ：最近有點變冷了對吧。
　　Ｂ：因為換季我都把外套拿出來了喔。

答案：2

文法說明：

表達「變化」的時候，會根據前面接的詞性不同，說法也不一樣喔。「くなる」接在い形容詞或動詞的否定形之後，「になる」接在な形容詞和名詞之後，「ようになる」則接在動詞（肯定及否定皆可）之後。分別說明如下。

くなる：①表示形容詞的狀態變化，表示「變得～」。接在い形容詞的連用形（去掉「い」加「く」）之後。

單字

1. 衣替え 图 換季	2. 肌寒い い形 （皮膚感覺）有點冷　冷颼颼的

215

用法公式：い形容詞（去い）＋くなる

例句：鼻(はな)が痒(かゆ)くなる。鼻子變得很癢。

②接在動詞否定形後，表示「變得不能～」。

用法公式：動詞ない形（去い）＋くなる

例句：小(ちい)さい字(じ)が見(み)えなくなる。變得看不清楚小的字了。

になる：表示名詞或形容詞的變化，表示「變得～」，強調「成為」某種情況，或從一個狀態變化為另一個狀態。接在な形容詞和名詞之後

用法公式：名詞＋になる　或　な形容詞詞幹＋になる

例句：二十歳(はたち)になる。二十歲了

　　　丈夫(じょうぶ)になる。變堅固了。

ようになる：則接在動詞（肯定及否定皆可）之後，表示能力、習慣或狀態的改變

用法公式：動詞的辭書形＋ようになる
或　動詞的否定形（ない形）＋ようになる

例句：お酒(さけ)が飲(の)めるようになる。變得能喝酒了

　　　甘(あま)いものを食(た)べないようになりました。我變得不吃甜食了。

練習：

一、請寫出相對應的日文句子

1. 會開車了。

2. 開始想睡覺了。

3. 變得麻煩了。

二、請選出（　　　）中最適當的詞語

1. A：毎日料理番組見てたら、料理が（　　　）ようになったよ。
   B：すごいじゃん。今度作ってよ。

   ①作る　　②作れる　　③作った　　④作れた

   A：每天都看料理節目，變得（會做）料理了喔。
   B：好厲害。下次做看看啊。

2. A：この前火を止めずに出かけて大変なことになったよ。
   B：大丈夫だったの↗？俺も一回あって、今では出かける前にガスの元栓を（　　　）ようになったよ。

   ①閉める　　②閉められる　　③閉めない　　④閉められない

   A：前陣子沒關火就出門差點釀成大禍。
   B：沒事吧？我也過有一次，現在出門前都會先把瓦斯主閥（關起來）。

單字

元栓　もとせん　图 總開關

答案與解析

答案：一、1. 運転できるようになりました。
　　　　2. 眠くなりました。
　　　　3. 面倒になりました。
　　二、1. ②　　2. ①

解析：

1. ①作る：「動詞辭書形＋ようになる」，變得「習慣」會這麼做了。變得習慣會自己去做料理了。這裡是在說，料理節目看著看著，自己也會料理了，而不是做料理變成自己的習慣了，所以不正確。
   ②作れる：「動詞可能辭書形＋ようになる」，以前做不到的事，現在變得辦得到了。以前不會做料理，現在變成會做料理了。是正確的說法。
   ③作った和④作れた：用動詞過去式，是錯誤用法。

2. ①閉める：「動詞辭書形＋ようになる」，習慣會這麼做了。養成了出門時會把瓦斯主閥關起來的習慣。
   ②閉められる：「動詞可能辭書形＋ようになる」，以前做不到的事，現在變得辦得到了。這樣說會變成「以前沒有能力關瓦斯主閥」的意思，大人都有能力關瓦斯主閥，只是自己沒去做而已，是錯誤選項。
   ③閉めない和④閉められない：用否定形，與語意不合，是錯誤用法。

45 て形（原因）
自然形成的結果

用日文說明原因時，可以使用「ので」或是「から」來表示原因，那「ので」或是「から」和表示原因的「て形」用法有什麼不同呢。請先看看下面的情境，你會使用那個選項的說法，想想看。

➲ 跟家人說因為要去醫院，可以晚點再回家嗎？

A：病院に＿＿＿＿＿＿＿＿＿＿、5時に帰ってもいいですか。
B：うんうん。ゆっくり休んでね。

1. 行って	2. 行くので

A：因為要去醫院，5點才回家可以嗎？
B：嗯嗯。請好好休息。

答案：2

文法說明：

用「て形」來表達原因的情形，是表示因為做了某件事而造成了某個結果。例如，「犬が死んで、悲しかった」（狗狗死了，所以很傷心）。因為狗死掉了，造成了我很傷心，自然形成的原因和結果，所以可以用「て形」表示原因。

另一方面，如果前後句並沒有明確的因果關係時，就不能用「て形」，而要用「ので」和「から」來表達原因。上述的情境中，去醫院不會直接導致 5 點回家的結果，因此要選「2. 行くので」才正確。

MEMO

練習：

一、請寫出相對應的日文句子

1. 在卡啦 OK 熱唱，口都乾了。

2. 電動打太多，眼睛都累了。

3. 早上睡過頭，錯過了公車。

二、請選出（　　　）中最適當的詞語

1. A：昨日、友達と映画を見に行ったんだけど、入場料が高くて（　　　　　　　）。
   B：それは残念だったね。

   A：昨天，和朋友去看電影，結果門票太貴（沒辦法進去）。
   B：那真的好可惜呢。

   ①入れなかった　②入って　③入る　④入ります

2. A：昨日、ピザを注文したんだけど、配達が（　　　　　　　）。
   B：それは残念だったね。

   A：昨天，點了披薩，結果配送（遲到了）。
   B：那真的很不幸呢。

   ①遅れない　②遅れて　③遅れなかった　④遅れます

221

答案與解析

答案：一、1. カラオケで熱唱して、喉が枯れた。
　　　　2. ゲームをしすぎて、目が疲れた。
　　　　3. 朝寝坊して、バスに乗り遅れた。

　　二 1. ①　2. ②

解析：

1. ①入れなかった：表達因為入場費太貴的原因，所以不能入場。用可能形的否定過去式來表達，是正確選項。

　②入って：て形是用來連接兩個句子，但這裡話已經說完了，不需要連接用法。

　③入る：因為入場費太貴，所以進去…與文意不合。

　④入ります：是「入る」的禮貌形，因為入場費太貴，所以進去…與文意不合。

2. ①遅れない：沒有遲到。文意上不合。

　②遅れて：表達因為配送晚了，所以造成了某某事，後面的句子省略沒有說，可能是所以沒吃到之類的，日語很常會以て形做結尾，不把句子說完。

　③遅れなかった：「遅れない」的過去式，與文意不合。

　④遅れます：文意上不合，而且這裡講的是昨天，要用過去式「遅れました」才對。

文法對了,但語感有問題!吉武老師教你培養日語語感 / 吉武依宣著. -- 初版. -- 臺北市 : 日月文化出版股份有限公司, 2025.03
224 面 ; 16.7×23 公分. -- (EZ Japan 樂學 ; 34)

ISBN 978-626-7641-12-5(平裝)

1.CST: 日語　2.CST: 語法　3.CST: 會話

803.16　　　　　　　　　　　　　113020188

EZ Japan樂學／34

文法對了,但語感有問題！
吉武老師教你培養日語語感

作　　　者： 吉武依宣
編　　　輯： 高幸玉
校　　　對： 吉武依宣、陳信宏、高幸玉
封 面 設 計： 李盈儒
內 頁 排 版： 簡單瑛設
行 銷 企 劃： 張爾芸

發 　行 　人： 洪祺祥
副 總 經 理： 洪偉傑
副 總 編 輯： 曹仲堯
法 律 顧 問： 建大法律事務所
財 務 顧 問： 高威會計師事務所

出　　　版： 日月文化出版股份有限公司
製　　　作： EZ 叢書館
地　　　址： 臺北市信義路三段 151 號 8 樓
電　　　話： (02) 2708-5509
傳　　　真： (02) 2708-6157
客 服 信 箱： service@heliopolis.com.tw
網　　　址： www.heliopolis.com.tw
郵 撥 帳 號： 19716071 日月文化出版股份有限公司

總 　經 　銷： 聯合發行股份有限公司
電　　　話： (02) 2917-8022
傳　　　真： (02) 2915-7212

印　　　刷： 中原造像股份有限公司
初　　　版： 2025 年 03 月
定　　　價： 320 元
Ｉ Ｓ Ｂ Ｎ： 978-626-7641-12-5

◎版權所有 翻印必究
◎本書如有缺頁、破損、裝訂錯誤,請寄回本公司更換